ज्ञान गरिमा के
72 वर्ष

भारतीय
ज्ञानपीठ

क्लीन चिट

योगिता यादव

भारतीय ज्ञानपीठ

लोकोदय ग्रन्थमाला : ग्रन्थांक 1216

ISBN : 978-93-263-5241-3

क्लीन चिट

(कहानी-संग्रह)

योगिता यादव

प्रकाशक : **भारतीय ज्ञानपीठ**

18, इंस्टीट्यूशनल एरिया, लोदी रोड, नयी दिल्ली-110 003

मुद्रक : आर.के. ऑफसेट, दिल्ली

आवरण-चित्र : मनोज कचंगल

साज-सज्जा : ज्ञानपीठ कला प्रभाग

CLEAN CHIT

(Hindi Short-stories)

By Yogita Yadav

Published by

Bharatiya Jnanpith

18, Institutional Area, Lodi Road, New Delhi-110 003

Ph. : 011 24698417, 24626467; 23241619 (Daryaganj)

Mob. : 9350536020; e-mail : bjnanpith@gmail.com

sales@jnanpith.net, website : www.jnanpith.net

Third Edition : 2019

Price : Rs. 200

अनुक्रम

कतअ ताल्लुक

दिल्ली में पंजाबी बाग से तकरीबन आठ किलोमीटर के फासले पर यह 'कंगलों की बस्ती' बसी थी। बस्ती में कंगलों के घरों की मात्र दो ही गलियाँ थीं, लेकिन इन्हीं दो गलियों में वास्तुकला के ऐसे उत्कृष्ट और डीलक्स नमूने थे कि वे पूरी बस्ती की पहचान बन गईं थीं।

इसी बस्ती की पाँचवीं गली के नुक्कड़ पर अब्दुल रब का मकान था। पड़ोस में ही मुर्गियों की दुकान थी। गली के मुहाने पर बड़ी-सी मस्जिद और उसी के नीचे बनारसी पान का खोखा था। अब्दुल रब के लिए किसी बस्ती में घर बनाने की इससे आदर्श स्थिति दूसरी हो ही नहीं सकती थी। दूर-दूर तक पेड़ की कोई छाँव नहीं थी। स्कूल जाने के लिए अब्दुल रब के बच्चों को पार्क की दीवार पार कर पॉश कॉलोनी में दाखिल होना पड़ता था। खैर, बनिये की दुकान पर आटा, चावल और मसाले उचित दाम पर मिल जाया करते थे। और सिनेमा हॉल तक पहुँचने के लिए सिर्फ एक चौराहा ही पार करना था। इस चौराहे को अब्दुल रब अक्सर पैदल ही पार कर लिया करता था। पाँच वक्त का नमाज़ी किसी नये फिल्म के रिलीज होने पर जुम्मे की नमाज के बाद टिकट खिड़की पर खड़ा देखा जा सकता था। हफ्ते के बाकी दिनों में वह देसी दवाइयाँ बनाने और बेचने में मसरूफ रहता था।

इस बस्ती के उन दो रईस गलियों में रहनेवाले कंगलों की एक और ख़ासियत थी, वह यह कि यहाँ स्थित किसी भी घर के किसी भी मालिक को बन्द कमरे में नींद नहीं आती थी। उनके बेडरूम सीन भी अक्सर फुटपाथ पर ही फिल्माये जाते। इसलिए अधिकांश ने अपने मकानों को किराये पर दे दिया था और खुद बाइज्जत अपना पुश्तैनी काम फुटपाथ पर ही आगे बढ़ा रहे थे।

खैर बात अब्दुल रब की हो रही थी। अब्दुल रब के पाँचों बच्चों में सबसे बड़ी थी खुर्शीद। पतली काठ-सी काया, साँवले से भी दो शेड आगे का रंग और छोटा-सा चेहरा। इसीलिए अभी तक एक भी ईद पर बस्ती के एक भी लड़के ने उसे देखकर 'सुभानल्लाह' नहीं कहा था। खुर्शीद को इसका मलाल भी नहीं था। वह

जानती थी कि सलमा, रुखसाना और शाइस्ता के दिलफेक आशिक सिर्फ उन्हीं की नहीं बल्कि पड़ोस की बस्ती में रहनेवाली रीना, सीमा और टीना के भी आशिक हैं। इनमें से हर एक को वह वुमेन कालेज के बस स्टॉप पर भी कई बार खड़े देख चुकी थी।

अपने कमरे के नंगे फर्श पर अधलेटी खुर्शीद एडमिशन फॉर्म भर ही रही थी कि अम्मी ने टोक दिया, ''खुर्शीद, आप अपने नाम के साथ खुर्शीद बानो लिखा कीजिए। आपकी ख़ालाजाद बहन शाइस्ता भी बानो ही लिखती हैं। और फिर आपके नाम के साथ बानो सजता भी खूब है।''

''खुर्शीद बानो'' है न कितना खूबसूरत!

''हटिए अम्मी, हम न बानो-वानो हैं, न किसी की बेगम। हम अपना नाम 'खुर्शीद रब' लिखेंगे। अब्बू के नाम की तरह।''

''केंडिडेट नेम—खुर्शीद रब''

''फादर्स नेम—अब्दुल रब''

''वल्लाह! अब देखिए कितना खूबसूरत लगता है!''

''लगा लो। लगा लो। देखें कितने दिन लगाओगी। आखिर बनना तो तुम्हें एक दिन बेगम ही है।''

''नाम तो बदल लिया। इंशाल्लाह तकदीर भी बदल लो।''

अम्मी बड़बड़ाती हुई फूलदान ठीक करने लगीं।

माँ-बेटी अभी आकांक्षाओं और अनुभवों की बहस में उलझी ही थीं कि अब्दुल रब के बहुत ऊँचा-ऊँचा बोलने की आवाजें आनी शुरू हो गयीं।

''मियाँ, जो आपने बताया था वैसी दवा हमने बना दी। अब दवा है कोई आब-ए-ज़मज़म तो नहीं। आहिस्ता-आहिस्ता असर करेगी।''

''लेकिन ये तो मर्ज को कम करने की बजाए उसमें इजाफा करती जा रही है।''

आज भी जुम्मा था और शाहरुख खान की फिल्म रिलीज होनेवाली थी।

अब्दुल रब जैसे-तैसे उस आदमी को वहाँ से टरकाना चाह रहा था और वह था कि अब्दुल रब और उसकी दवा-दारू का अनुसन्धान करने पर आमादा था।

बात बहस में बदल गयी और बहस झगड़े में। मस्जिद में लोगों की भीड़ जमा थी।

झगड़ा ज्यों ही बढ़ा सभी लोग झगड़े के चश्मदीद गवाह बनने के लिए मस्जिद की छत पर दौड़े और छज्जे पर लटक गये।

मस्जिद इतनी भीड़ के लिए हमेशा तैयार रहती थी, मगर छज्जे ने जवाब दे दिया। और अपने साथ चश्मदीद गवाहों की पूरी भीड़ लिए वह नीचे आ गिरा।

धम! धमाक! के साथ पूरी बस्ती चीखों-पुकार में दब गयी। मस्जिद के छज्जे के साथ बरसी तबाही देख औरतों और बच्चों ने रोना-पीटना शुरू कर दिया। किसी ने पुलिस को फोन किया और किसी ने एम्बुलेंस बुला ली। अब्दुल रब और वह आदमी बाल-बाल बचने पर एक साथ खड़े खुदा का शुक्रिया अदा कर रहे थे।

घायलों को अस्पताल पहुँचाया जाने लगा। और इसी के साथ पूरी बस्ती में हाय तौबा के बीच मस्जिद का छज्जा गिरने पर मातम मनाया जाने लगा।

शाम तक घायल भी अस्पताल से छुट्टी पाकर वापस अपने-अपने घरों को लौट आये। किसी ने पान चबाते हुए एक-दूसरे की खैरियत पूछी तो किसी ने मीट की दुकान पर सुबह के वाकये के हाइलाइट्स सुने।

अगले दिन ज्यादातर को काम पर जाना था और ज्यादातर काम पर चले भी गये।

रविवार को किसी को भी काम पर नहीं जाना था। इसलिए मौलवी साहब की रहनुमाई में मस्जिद के भीतर एक स्पेशल मीटिंग बुलाई गयी। दुख सबका साँझा था। मामला धार्मिक इमारत के गिरने का भी था। इसलिए बस्ती के अधिकांश मर्द मीटिंग में शामिल हुए। मर्दों के घर लौटने के बाद फैसले पर हामी भरने के लिए औरतें अपने-अपने घरों में थीं।

कुछ उम्रदराज औरतें जो बहु-बेगम आदि का फर्ज निभाकर खाली हो चुकी थीं, गली में खाट बिछाए बैठीं थी। सुपारी काटने की खट-खट और पान की पीक के साथ मस्जिद में हो रही मीटिंग के फैसले के कयास लग रहे थे।

मीटिंग के पहले चरण में छज्जे के गिरने और नमाजियों के घायल होने पर अफसोस जाहिर किया गया।

दूसरे चरण में इससे बड़ा कोई हादसा न होने पर खुदा का शुक्रिया अदा किया गया।

तीसरे और अंतिम चरण में मीटिंग का अहम फैसला लिया गया—

मौलवी साहब ने कुरान और सुन्नत के हवाले से फरमाया, "अब्दुल रब ने अपने रवैये से दूसरों को तंग किया है और मस्जिद जैसी पाक जगह को उसकी वजह से बजाते खुद नुकसान पहुँचा। इस नाते वह सख्त से सख्त सजा का मुस्तहक है। लिहाजा अब्दुल रब को अपने इस रवैये के लिए माफी माँगनी चाहिए और मस्जिद में हुए नुकसान का पूरा हर्जाना उसे देना होगा। जब तक अब्दुल रब यह हर्जाना नहीं अदा करता तब तक उसके साथ कता ताल्लुक किया जाएगा।"

अब्दुल रब पर तो जैसे मुसीबतों का पहाड़ टूट पड़ा। उसे लगा जैसे मस्जिद का छज्जा मुसीबत बन उसी पर आ गिरा।

वह सोच में पड़ गया, 'छोटी-सी देसी दवा की दुकान, पाँच-पाँच बच्चे, उस

पर ये हर्जाना। कैसे सँभालेगा वह अपनी पीठ?'

मस्जिद से निकलते वक्त लोगों ने मौलवी साहब के हुक्म की तामील करते हुए यहीं से अब्दुल रब से किनारा करना शुरू कर दिया। मस्जिद से निकलते हुए अब्दुल रब को लग रहा था जैसे किसी ने उसके पैरों में भारी पत्थर बाँध दिये हैं, जिन्हें न वह खींच पा रहा था, न ठहर पा रहा था।

खुद को जैसे-तैसे सँभालते हुए अब्दुल रब अपने घर पहुँचा। दवाओं में झाँकने का भी उसका मन न हुआ।

''न जाने कौन-सा कमबख्त दिन था जब आपने उसे दवा बनाकर दी...'' फैसले के विरोध में अब्दुल रब की पत्नी ने अपना बयान दिया।

''अब्बू, आप परेशान न हों। जब हमारी कोई गलती ही नहीं है तो हम क्यों देंगे हर्जाना?'' खुर्शीद ने क्रान्तिकारियों की तरह आवाज बुलन्द की।

घर के शेष चार बच्चों को न फैसले से कोई मतलब था और न विरोध से। वे अपने खेल-खिलौनों में मस्त थे।

शाम हो चली थी। हर रोज की तरह अम्मी ने चाय बनने रख दी। खुर्शीद दुपट्टा सिर पर लेते हुए पड़ोस की बेकरी से रस लेने चली गयी। अब्बू की आज कहीं जाने की हिम्मत न थी...।

''चचा, एक पैकेट रस तो दीजिए ज़रा'', खुर्शीद ने दस का नोट बेकरीवाले की तरफ बढ़ाते हुए कहा।

तौबा। तौबा। हम तुम्हें रस नहीं दे सकते। मौलवी साहब का हुक्म है।

ऐसे गैरजिम्मेदार शख्स के साथ किसी भी तरह का ताल्लुक रखना मौलवी साहब के हुक्म की नाफरमानी होगी।'' बेकरी वाले ने मस्जिद का हुक्म बजाया।

''लेकिन इसमें हमारी क्या गलती है। अब्बू तो सिर्फ उनसे बात कर रहे थे। क्या जरूरत थी इतने लोगों को एक साथ मस्जिद के छज्जे पर आने की, जबकि मालूम है कई सालों से मस्जिद की मरम्मत का काम करवाया जाना बाकी है?''

बेकरी वाले चचा को न खुर्शीद के तर्क अच्छे लगे और न मस्जिद की कमजोरी का सच।

उसका खुर्शीद की तरफ कतई ध्यान न देना उपर्युक्त दोनों बातें समझाने के लिए काफी था।

खुर्शीद मायूस-सी घर लौट आयी, ''अम्मी, आज चाय ऐसे ही पीनी पड़ेगी। चचा ने रस देने से इनकार कर दिया। उनका मानना है कि हमें रस देकर वे मौलवी साहब के हुक्म की नाफरमानी करेंगे।''

कतअ ताल्लुक के मातम के बीच चाय की मीठी चुस्कियाँ ली गयीं। अब अम्मी को चिन्ता होने लगे कि अगर सुबह दूधवाले और सब्जीवाले ने भी मौलवी

साहब की हुक्म की नाफरमानी नहीं की तो मुश्किल हो जाएगी।

अगले दिन सुबह वही हुआ जो होना था। न दूधवाला आया, न सब्जीवाला उस बहिष्कृत घर के आगे रुका।

सुबह से अब दोपहर होने को आयी थी। किसी ने उस बहिष्कृत परिवार को दुआ सलाम भी नहीं किया।

पूरी बस्ती में आज अब्दुल रब का घर अकेला हो गया था।

बनारसी पान के खोखे की तरफ एक अदद पान की आस लगाए खड़े अब्दुल रब को यह सोचकर आज बहुत इत्मीनान हुआ कि उसके बच्चों का स्कूल इस बस्ती से बाहर है।

चारों बच्चे सब्जी के बिना ही नमकीन रोटियाँ खाकर स्कूल चले गये थे।

खुर्शीद का पेट अब भी खाली था। भूख के बदले में वह पूरी बस्ती के इस रवैये को खा जाना चाहती थी।

"अम्मी आप बताइए क्या-क्या लाना है बाजार से? मैं जाऊँगी सामान लेने। शायद बस्ती वाले नहीं जानते कि इस बस्ती से बाहर भी कई दुकानें हैं। उन्हें तो हमें सामान देने में कोई ऐतराज नहीं होगा।"

"और वैसे भी कुएँ का हर फरमान कुएँ से बाहर अपनी मौत खुद मर जाता है।"

खुर्शीद ने सैंडिल पहने, पर्स उठाया और बस्ती से बाहर की तरफ निकल गयी...।

जिन होठों ने कभी उसे देखकर सुभानल्लाह नहीं कहा था, आज उसकी चाल और उसके प्रतिरोध पर फब्तियाँ कसने से ज्यादा कुछ न कर सके।

नेपथ्य में

आधी रात को अचानक एक तेज चीख गली के बाहर दौड़ गयी।

"मिल गयी आज़ादी..."

मैं हैरान, स्तब्ध अपने आप को सँभालती हुई बिस्तर से उठ खड़ी हुई। मुझे अपने कानों पर विश्वास नहीं हुआ और मैं दरवाजे तक दौड़ आयी।

"मिल गयी आज़ादी.., हाँ, हाँ मिल गयी आज़ादी...।"

आवाजों का जुलूस चीखता हुआ गली पार कर गया। शोर में ही कहीं इंकलाब के कराहने की आवाज गुम हो गयी।

मेरे चेहरे पर खुशी के गुलाब उभर आये। गुलाबों से सराबोर मैं सीधी आईने के सामने जा खड़ी हुई। दरवाजे मैंने यूँ ही खुले छोड़ दिये। उनके आने का इन्तजार था...और उन्होंने कहा भी था कि "आज़ादी के बाद किसी घर के दरवाजे डर से बन्द नहीं होंगे।"

आईने के भीतर झाँकते हुए मैंने अपने माथे पर उभर आई पसीने की ओस पोंछी और आहिस्ता-आहिस्ता अपने उलझे बालों को सहलाने लगी।

जाने कब से ये बाल उलझे पड़े हैं!

तुम जो कहकर गये थे, "अभी मुझे काम बहुत है, फुर्सत मिली तो तेरी जुल्फ़ भी सुलझा दूँगा।"

मैं भी ढीठ तब से ऐसे ही केश फैलाए बैठी हूँ। अब तो तुम्हें फुर्सत ही फुर्सत होगी। अब न चलेगा कोई बहाना। अबकी बार मैं सिर्फ उलझाऊँगी और तुम्हें तमाम लटें सुलझानी होंगी।

प्रेम-विभोर इन्तजार में भीगी नजरें चेहरे से फिसलते हुए धीरे-धीरे मेरे पेट तक सरक आयीं। देखा कैसा हौले-हौले बढ़ने लगा है मुझमें तुम्हारा प्रेम।

ह् ह् म् म्...क्या कहा था तुमने? क्या नाम रखेंगे? स्वतन्त्र भारत? इतना-सा मेरा बच्चा और इतना लम्बा नाम!

तुम्हारा है जो चाहे रखो। मैं कौन होती हूँ बीच में बोलनेवाली। तुम्हारी

मेहनत, तुम्हारे बलिदान, तुम्हारे संघर्ष, जब उसमें फलीभूत होंगे, मेरे लिए तो वही सबसे बड़ी खुशी होगी।

तुम्हारी इच्छाओं और आज्ञाओं में ही तो तलाशे हैं मैंने अब तक सारे सुख। तुम्हारी आभा ही तो हूँ मैं, तुमसे अलग होकर भला जाऊँगी कहाँ? जाऊँगी भी तो कैसे?

...तब तो मैं कुँआरी थी। जब अवध के उन बागों में छुप-छुपकर मिला करते थे हम। वो शीश महल, वो गुलाबी शामें, वो आबशार सब खिल-खिल उठते थे हमारी मुलाकातों के साथ।

फिर न जाने किसकी नज़र लग गयी।

उस रोज भी अचानक ऐसी ही चीख दौड़ी थी। चीख के पीछे-पीछे तुम खून में लथपथ, हाथ में तलवार लिए भागते हुए आये थे। तुम्हारी खूबसूरत देह के परदे को चीरते उस दिन मैंने पहली बार देखा था। भीतर तक काँप गयी थी मैं और डर के मारे शीश महल की सारी खिड़कियाँ, सारे दरवाजे बन्द कर लिये थे। एक गिलास पानी भी नहीं पी पाए थे तुम और ताँगा दरवाजे पर आकर खड़ा हो गया था। न अपने जख्मों का दर्द सुनाया न मेरी प्रीत के मोती चुने। बस यादों का सन्दूक थमाया और ताँगे में बिठाकर रवाना कर दिया। ताँगा भी कमबख्त दौड़ता ही गया।

तुम्हारे अहसासों को चूमने को व्याकुल मेरी आँखें तुम्हारी तस्वीर से ज्यादा कुछ न ले पायीं। कहकर गये थे, ज़िन्दगी रही तो चाँदनी चौक में मिलेंगे।"

पहुँच गयी दिल्ली के दिल चाँदनी चौक। इतना बड़ा शीश महल छोड़कर चाँदनी चौक में किराये के मकान में दिन गुजारने पड़े। बस इस इन्तजार में कि तुम आओगे और मुझे ब्याहोगे। घर में अकेली बैठी-बैठी उकताने लगी थी। सोचा कुछ करूँ। तुम होते तो तुम्हारे सहारे ही दिन कट जाते। इन्तजार सिर्फ बेचैनी ही देता है, काम तो नहीं दे सकता।

यूँ ही उकताई दोपहरों में एक दिन धूप में बैठी तुम्हारा दिया यादों वाला सन्दूक खोला। खोलते ही शीश महल के वो काँच के टुकड़े जगमगाने लगे। हर टुकड़े पर धूप की चंचल किरणें अठखेलियाँ कर रहीं थीं, उन आबशारों की बची हुई बूँदे गुलाबी कपड़े की तह में बन्द मिली। और तुम्हारी नंगी तलवार अब भी वैसे ही चमचमा रही थी जैसे अवध में चमचमाया करती थी। मिट्टी की एक छोटी-सी हांडी में गुलाबी शाम झिलमिला रही थी। मैंने नजदीक लाकर उसे सूँघा तो उसमें से बनारस के घाट की खुशबू आने लगी।

मैंने झट से हाँडी का मुँह बन्द कर दिया, कहीं बदले मौसम की गर्म लू में यह खुशबू भी न उड़ जाय। मैं हैरान थी कि बरसों की सीलन भी इनकी ताजगी नहीं मार पायी।

सन्दूक में सबसे नीचे रखा था शंखे का चूड़ा और सुनहरी मलमल। जो तुम एक बार ढाका से लेकर आये थे। आहिस्ता से मलमल की चुनरिया उठायी और उसका एक कोना पकड़ कर सर्र...से अँगूठी के छल्ले में से पूरी चुनरिया निकाल दी...।

तुम्हारी याद फिर ताजा हो आयी।

बहुत मन किया कि शंखे का चूड़ा पहनूँ, मलमल की चुनरियाँ ओढूँ और पूरी माँग सिन्दूर से सजा लूँ...

धूप की तपिश में सारी इच्छाएँ बल खा गयीं।

और उसी रोज शाम ढलने के बाद तुम्हारा सन्देशा आया। आस की फिर एक किरण मेरे आँगन में बिखर गयी। तुमने कहलवाया था, "तैयार रहना मिलने का वक्त आ गया है।"

मेरे भगवान ने मेरी सुन ली। सारे आँगन में महावर पोती, देहरी पर रंगोली बनायी और मुँडेर पर दीपावली सजायी। सुनहरी मलमल ओढ़ी। फिर हाथों में मेहँदी लगाई ही थी कि तुम आ गये।

...कैसी शादी थी वो!

बिना पंडित के इतने सारे बाराती। मेरे घर में तो उन्हें ठहराने का इन्तजाम भी नहीं था। अवधवाली हवेली में लाते इतने बाराती, तो मैं भी दिखाती अपनी शान। एक-एक को स्वर्ण मुद्राओं में तुलवा देती।

तुमने कहा संघर्ष का दौर है और मैं मान गयी। सत्तू, चना खिलाकर बारातियों की आवभगत की। फिर तुम्हीं ने मेरे हाथों में शंखे का चूड़ा पहनाया और पूरी माँग सिन्दूर से लाल कर दी। तुम्हारे मिलन और सुहाग के बोझ से लदी मैं हौले-हौले तुम्हारे पीछे हो ली। कभी मेरठ, कभी गुजरात, कभी बंगाल और कभी मराठवाड़ा कितने लम्बे-लम्बे फेरे दिलवाए तुमने मुझे। हर फेरे पर सौ-सौ आहुतियाँ, सौ-सौ वचन और सौ-सौ बलिदान। क्या ऐसे करता है कोई प्रीत?

कहते हो तुम्हीं हो मेरी सबकुछ। देखो न, मेरी सुनहरी मलमल भी तार-तार होने लगी।

फिर तुम्हारे अग्रजों ने कह दिया खादी पहन लो। अभी तो मैं नयी-नवेली थी। नव-वधु कोई सफेद, खुरदरे वस्त्र पहनती है? और जब मैंने शादी की सौगात माँगी तो उठा लाये चरखा।

"खूब कातना सूत
खुद भी पहनना
मेरे लिए भी बुनना
गरीब भाईयों को रोटी मिलेगी।"

तुम्हारे भाईयों का ख्याल भला मैं कैसे न रखती? पिया मिलन की खुशी थी और तुम्हारी सौगात का सम्मान। इसलिए मैंने खूब सूत काता। इतना काता, इतना बुना कि सारी मिलें बन्द हो गयीं। और उस दिन होली वाले दिन तुम कितना नाचे थे मेरे सूत कातने के जश्न पर। विदेशी सामान की होली में मैं भी गौरवान्वित-सी चमकने लगी थी। सचमुच वही तो थी हमारे मिलन की रात। मन की सारी गाँठें खुल गयीं थीं। इन्तजार का सारा दुख मैंने तुम्हारी गोद में डाल दिया। और तुम उन्हें पीछे दरिया में बहा आये थे।

अपने प्रेम के अँकुर पर तुम भी फूले नहीं समा रहे थे, कहा था, "आज़ादी मिली, तो इसका नाम स्वतन्त्र भारत रखेंगे। तब तक तुम आराम करो। मैं अकेले ही निपट लूँगा। तुम बस मेरे सपने को अपने गर्भ में पालो। अच्छे संस्कारों को बचाकर रखो। मैं जल्दी ही लौटूँगा।"

...तभी से मैं तुम्हारे सपने को पाल रही हूँ। इस इन्तजार में कि एक दिन यह भी जन्म लेगा और तुम भी आओगे।

आधी रात का वह शोर कह रहा था कि आज़ादी मिल गयी है, अब तो तुम आओगे न?

हाँ, हाँ क्यों नहीं आओगे।

सुबह उठते ही देखा लालकिले पर वन्दे मातरम् लहरा रहा था। प्रांगण में इकट्ठा हुई भीड़ में ढूँढती रही, पर इंकलाब कहीं नहीं मिला। कल रात को तो मेरी खिड़की के पास ही था। अब क्यों नहीं नजर आ रहा? वो क्यों नहीं है आज़ादी के जश्न में शामिल? आज़ादी की खुशी में मैंने भी हाथ उठाकर पूरे जोश से दो बार कहा, "वन्दे मातरम्, वन्दे मातरम्।"

शाम होते-होते घर लौट आयी। जश्न की खुशी ने खूब थकाया था आज। बिस्तर पर पड़ते ही नींद आ गयी।

किसी की कराहटों ने नींद के ताले तोड़े तो मैं हक्की-बक्की से रह गयी। कोई खिड़की के पीछे कह रहा था...

इं...क...ला...ब... ज़िन्दा...बाद..., इं...क...ला...ब...ज़िन्दा...बाद..."

अरे तुम! यहाँ क्या कर रहे हो?

अब क्यों इंकलाब, इंकलाब की रट लगाये हो? मिल तो गयी आज़ादी।

और सुबह लालकिले पर क्यों नहीं आये? देखा कैसा शानदार मना था आज़ादी का जश्न। कहाँ थे तुम सुबह से?"

"कैसी आज़ादी, कैसा जश्न, अभी वक़्त मुनासिब नहीं है, ये लो सँभालो...", मेरे हाथ में काग़ज़ का टुकड़ा पकड़ाकर वो भाग गया।

सोचने लगी कि क्या इंकलाब को हमेशा नेपथ्य में ही रहना होगा?

"इंकलाब भी नेपथ्य में,
तुम भी नेपथ्य में
और मैं... ?
मैं भी नेपथ्य में!"

कागज का टुकड़ा तुम्हारा खत था।

लिखा था, "ये आज़ादी नहीं, बेसब्रे हैं ये लोग। जश्न मना बैठे, अधूरी आमद का। मुजफ्फराबाद में मिलना। अभी वहाँ बहुत काम है।"

पर तुम तो मुझे आराम करने को कहकर गये थे। कभी कहीं बुलाते हो, कभी कहीं आ जाते हो। इस भागदौड़ में कैसे पालूँगी मैं तुम्हारा सपना। देखो न वक्त भी पूरा होने को है।

बड़ी मुश्किल से सफर तय किया और तुम्हारे बताए ठिकाने पर पहुँच गयी। ...ये भी कोई ठिकाना है। न ढंग का कमरा, न सिर छुपाने को छत। रैनबसेरा भी इससे अच्छा होता है।

यादों का सन्दूक फिर एक कोने में रख दिया और रहने लायक थोड़ा सा माहौल बनाया।

उकताई दोपहरों ने, बलखाई शामों ने फिर सोच की खाइयों में धकेल दिया। अब तो अपने आप से ही ऊब होने लगी है।

यहाँ की हवा भी कभी-कभी बहुत सर्द हो जाती है। मेरी देखभाल करने वाला भी तो कोई नहीं है यहाँ पर। मैं भी तुम्हारी, तुम्हारा सपना भी तुम्हारा और इन्तजार, वो तो है ही तुम्हारा।

आए दिन तुम कोई न कोई खबर भेज देते हो। एक भी अच्छी नहीं लगती। कभी 62, कभी 65, कभी 71 और कभी...।

और अब तो रोज कोई न कोई बुरी खबर आ रही है। एक जैसे लोगों के कितने नाम हैं। एक हैरान है, दूसरा परेशान। मरे जा रहे हैं लड़-लड़कर। मन करता है मस्तिष्क उखाड़ फेंकू सबके, फिर पहचाने कौन-सा धड़ है किसका।

ये बस्ती भी तो अच्छी नहीं है! जिनका सामान यहाँ है, वो लोग यहाँ नहीं है और जो लोग यहाँ हैं, उनका सामान यहाँ नहीं है। कहते हो जन्नत है ये। मुझे नहीं रहना ऐसी किसी जन्नत में। खुद वहाँ हो और मुझे अकेले यहाँ छोड़ दिया। थक गयी हूँ मैं तुम्हारा इन्तजार करते-करते।

और ये स्वतन्त्र भारत, तुम्हारा सपना। जन्म ही नहीं ले रहा। आकार बढ़ता जा रहा है। जानता नहीं है आकार ज्यादा बड़ा हो गया तो प्रसव में मुश्किल होगी। नन्हा-सा कोमल-सा था, जब तुमने मुझे थमाया था। अब तो बोझ बनने लगा है। अब तो आ जाओ, पीड़ा से मेरा गर्भ कराहने लगा है। मेरी शक्ल भी बदल गयी है

और तुम्हारी आस्था के केन्द्र भी। पता नहीं पहचान भी पाओगे मुझे या नहीं।

बस, अब और बर्दाशत नहीं होता। कहीं और बुलाओगे तो अब न उठा पाऊँगी तुम्हारी यादों का सन्दूक। कोई सहारा देने वाला भी तो नहीं है। पीड़ा से मेरा गर्भाशय फटने लगा है...ये सपना जन्म ही नहीं ले रहा...मेरी मुश्किलें बढ़ने लगी हैं...गला सूखने लगा है...बस अब आ जाओ... अब तो आ जाओ... और इन्तजार नहीं होता। नहीं होता। नहीं होता।

नागपाश

"कृष्ण पक्ष समाप्त हुआ, अब चाँद के घटते जाने की पीड़ा से निजात मिलेगी 'परी'। नवरात्र की हार्दिक शुभकामनाएँ।"

मेरी जानी पहचानी आवाज ने मुझसे फोन पर बस इतना कहा और यह कहकर फोन रख दिया कि वह एयरपोर्ट पर मेरा इन्तजार कर रहा है।

सोडा वाटर की बोतल की तरह मेरे मन में भी नन्हें बुलबुले उठने-फूटने लगे। एक साल से जिसकी सिर्फ आवाज सुन रही थी वही आज सशरीर मेरे सामने उपस्थित होनेवाला था। अद्‌भुत है आवाज का भी जादू।

नौवीं क्लास के फाइनल एग्जाम चल रहे थे। जब मैथ्स का पेपर और एफएम पर आमिर खान का इंटरव्यू दोनों एक ही दिन थे। मजबूरन इंटरव्यू आधा ही छोड़ना पड़ा था। रात साढ़े दस बजे स्लो वॉल्यूम में मैंने एफएम फिर से ऑन कर दिया था, वही इंटरव्यू दोबारा सुनने की कोशिश में। ग्यारह बजे तक चला था इंटरव्यू। इसके खत्म होते ही एफएम पर साँप की तरह मन को जकड़ती एक आवाज ने दस्तक दी।

"मैं हूँ आपका दोस्त, आपका हमदर्द असद इकबाल।" सान्त्वना से लबरेज इस आवाज से यह मेरा पहला परिचय था। वह कुछ लम्हों को याद करते हुए उनका दर्द बयाँ करता और फिर उसी से मिलता-जुलता गीत एफएम पर बजा देता। दुखते दिलों को मिलनेवाली यह सान्त्वना 'यादों के झरोखे से' भली-सी लगी थी। अगले दिन मैंने एफएम साढ़े दस बजे नहीं रात ग्यारह बजे ऑन किया।

फिर तो यह मेरा फेवरिट प्रोग्राम बन गया। हर रोज रात को मुझे असद इकबाल की आवाज और यादों के झरोखे से में सुनाये जानेवाले गीतों का इन्तजार रहता। माँ के डाँटने पर ईयर फोन लगाकर चुपके-चुपके बिस्तर में असद इकबाल को सुनती। उन दिनों उसकी सान्त्वना माँ की थपकियों से भी ज्यादा अच्छी लगने लगीं थीं। उन्हीं थपकियों के सहारे मुझे नींद भी आ जाती। कई बार तो ईयर फोन सुबह के भक्ति गीतों के मंजीरे की आवाज के बाद कान से हटता। तब अपनी बेवकूफी और असद इकबाल की आवाज, मैं दोनों पर फिदा हो जाती।

शहर छूटा तो ये आवाज भी छूट गयी। तब जब मुझे सान्त्वना और थपकियों की सबसे ज्यादा जरुरत थी दोनों ही मुझसे दूर हो चुके थे। मेरी सिसकियाँ थपकियों का इन्तजार करती रह गयीं और उन्माद जकड़न के बिछोह में कुम्हलाने लगा। जो गीत असद इकबाल ने सुनाये थे इस नये घर, नये शहर में भी एक बार नहीं कई बार सुने पर उनके बीच से वह जकड़ती हुई आवाज गायब थी जो मुझे अपने साथ रात से सुबह तक की निर्बाध यात्रा पर ले जाया करती थी।

फिर एक रोज वही आवाज छन्न...से आ गिरी।

मेरी व्यस्त और खुशहाल दिनचर्या में। मेरे भीतर का पानी छलक कर बाहर आने को आतुर हो गया। यह अनुभव की आवाज थी। हू-ब-हू असद इकबाल जैसी। फोन मैंने ही किया था, उसके उपन्यास पर उसे मुबारकबाद देने के लिए। पर बात कहाँ कर पायी थी। अरसे बाद किसी आवाज ने मुझे फिर से अपनी जकड़ में ले लिया था।

तमाम रेडियो जॉकी से उलट उसकी आवाज शब्दों को चबाती नहीं थी, उन्हें भरपूर खिलने और खेलने का मौका देती थी— किसी दार्शनिक की तरह। शब्दों के बीच में पिरोयी चुप्पियाँ सुनने वाले को पर्याप्त धैर्य और सोचने का मौका देतीं।

मैं उसकी आवाज सुनती और फिर घंटों हर शब्द पर सोचती। जादू सिर्फ आवाज का ही नहीं बात का भी था। जादू मेरे सिर चढ़ चुका था।

फिर तो फोन का, एसएमएस का सिलसिला चल पड़ा। पहले छठे-चौमासे, फिर हर महीने, हर हफ्ते, हर रोज और अब तो एक ही दिन में कई-कई बार हमारी फोन पर बात हो जाती या एसएमएस बजाती। वही आवाज थी जो आज मुझसे मिलने आ रही थी। बुक फ्लैप पर उसकी छोटी सी तस्वीर भी छपी हुई थी। पर मुझे वह कभी अच्छी नहीं लगी। मेरे कानों के रास्ते जो आवाज मेरे मन की बावड़ी में सीढ़ी-दर-सीढ़ी उतर गयी थी, वह बुक फ्लैप पर छपी उस तस्वीर से लाख गुना बेहतर थी।

'वो आखिर आ ही रहा है, आज मुझसे मिलने।'

मैंने अपने आपको फिर से यकीन दिलाया। मिले बिना ही हम कितना जानने लगे थे एक दूसरे को। इस बीच कितनी बार उसने मुझसे मिलने के लिए कहा, पर मैं हर बार टाल गयी। मुझे कभी जरूरत ही महसूस नहीं हुई उससे मिलने की। मेरी आत्मा को तो उसकी आवाज ठग ले गयी थी, चेहरा देखकर 'अगर मैं उस ठगी से बच जाती तो...' अनिष्ट की यही सम्भावना मुझे उससे मिलने से हर बार रोक लेती। मेरी खोई हुई जकड़ और थपकियाँ फिर वापस आ गयीं थी इस आवाज के साथ।

''हमें दूसरों की इच्छा का भी सम्मान करना चाहिए।'' आज भी यही

सोचकर मैं चली आयी थी घर से उस जानी-पहचानी आवाज के आकार से मिलने। सिर्फ इसी सम्मान की खातिर मैं एयरपोर्ट पहुँची हूँ, ऐसा भी नहीं है। उसे देखने की एक स्वाभाविक उत्सुकता मेरे भीतर भी उमड़-घुमड़ रही थी।

हर अन्दाज कितना लाजवाब है उसका। चाँद के प्रति मेरे मोह को कितना जान चुका है वह और फिर दस्तक भी किस अन्दाज में दी उसने—

"चाँद के घटते रहने की पीड़ा से निजात मिलेगी परी।"

'परी' कितना सुन्दर सम्बोधन है। जानती हूँ परी नहीं हूँ, 'परी जैसी' तो बिल्कुल नहीं हूँ, पर सुनने में अच्छा लगता है। झूठा ही सही।

अब तक मैं एयरपोर्ट पहुँच चुकी थी। पार्किंग से लेकर वेटिंग हॉल तक पहुँचते हुए कभी घबराहट, कभी उत्सुकता, कभी खुशी बारी-बारी से मुझ पर चढ़ती और उतरती रहीं। छोटा सा यह रास्ता मैंने इसी उधेड़बुन में तय किया।

वह वेटिंग हॉल में अकेला बैठा था और मैं भी अकेली थी। जितना सोच रहे थे पहचानने में उतनी मुश्किल हुई नहीं।

"जी नमस्कार... कैसे हैं आप... सॉरी मुझे आने में थोड़ी देर हो गयी। आप भी अजीब हैं, अगर पहले अपने आने की खबर दे दी होती तो इतना इन्तजार तो न करना पड़ता।" मैंने एक ही साँस में कई शब्द उस पर उड़ेल दिये। शब्दों में और बातों में, मैं उसकी तरह अभ्यस्त नहीं थी।

"मैंने सोचा तुम्हें सरप्राइज देना चाहिए।"

"अच्छा सरप्राइज है..."

पहली मुलाकात की औपचारिकता का लिहाज किए बिना ही उसने अपने अन्दाज में मेरे सामने खुद का स्वागत करने की पेशकश की—

"तुम आये तो आया मुझे याद गली में आज चाँद निकला ... गुनगुनाएँगी नहीं मेरे लिए यह गीत।"

"शटअप, दिन में चाँद नहीं निकलता। अभी निकला कहाँ है, जब निकलेगा तब गुनगुना लेंगे।"

मैंने मित्रता के पूरे अधिकार के साथ उसे झिड़क दिया।

स्त्रियों का सबकुछ चाँद से बँधा होता है। यह उसी का असर था शायद। पिछले एक साल में कितनी ही बार रंग बदल चुकी थी मैं। शुक्ल पक्ष में चाँद का आकार जब बढ़ने लगता तो मेरी आत्मीयता और मोह भी बढ़ता चला जाता। कृष्ण पक्ष के दौरान चाँद को क्षय रोग घेर लेता, मेरा मोह भी इस रोग की गिरफ्त में आ जाता और मैं मन को आहत करने वाली कोई न कोई बात उससे कह ही देती। फिर खुद भी बहुत दुखी होती।

उन पीले दिनों और काली रातों में यही एक शेर बार-बार मैं खुद को सुनाया

करती।

“तू बड़ा रहीमो करीम है
एक सिफत अता कर
उसे भूल जाने की दुआ करूँ
और दुआओं में असर न हो।”

यह उलाहना मेरी उसी आदत पर दिया जा रहा था। अमावस्या अपनी कालिमा के साथ बीत गयी थी और आज शुक्ल पक्ष अपना चाँद लेकर उदित हो रहा था।

“शुक्र है किसी बात पर तो राजी हुईं आप। वरना मुझे लग रहा था कि यहाँ भी मुझे धर्म-शास्त्र पर लम्बा लेक्चर पिला दिया जाएगा।”

“छोड़िए धर्म-शास्त्र की व्याख्या और चलिए मेरे साथ... पहले घर चलते हैं। फिर कहीं घूमने चलेंगे।”

मेरे स्नेह और अधिकारभाव ने उसे बाजू से पकड़कर अपने साथ लगभग घसीट लिया।

“अपने पति देव से पिटवाएँगी मुझे घर ले जाकर, भई इतना बड़ा गुनाह नहीं किया है मैंने। आपको अभी तक सिर्फ परी कहा है, प्रिया नहीं।” मेरे अधिकार-पूर्वक घसीटने का विरोध करते हुए उसने कूटनीतिक जुमला उछाल दिया।

“कैसी बातें करते हैं आप?” मैंने उसे झिड़क तो दिया पर उसकी इस बात पर मेरे भीतर क्रोध और उपेक्षा का एक अंश भी जागा। फिर भी स्थिति सँभालते हुए मैंने कहा, “मेरे सभी मित्रों का वे बहुत सम्मान करते हैं, उन्हें कोई ऐतराज नहीं होगा आपके मेरे साथ घर चलने पर। इतनी छोटी मानसिकता नहीं है उनकी। जरा रुकिए मैं उन्हें फोन कर देती हूँ।”

“फिर भी मेरी इच्छा नहीं है तुम्हारे घर जाने की। मैं यहाँ बस तुमसे मिलने आया था, सो मिल लिया। अब मुझे लौटना है।” मेरे बहुत आग्रह करने पर उसने टका सा जवाब दे दिया।

इतने लम्बे इन्तजार के बाद इतनी छोटी-सी मुलाकात से मैं सन्तुष्ट नहीं थी। और चाहती थी कि हम ढेर सारी बातें करें।

“अजीब हैं आप भी, इतनी दूर से सिर्फ एयरपोर्ट के दर्शन करने आये थे क्या? अच्छा छोड़ो घर नहीं जाते, कहीं बैठकर कॉफी पीते हैं। बहुत सुन्दर शहर है हमारा, अगर देखने की इच्छा हो तो कॉफी के बाद घूमा जा सकता है।” इस बात पर वह राजी हो गया।

“अरे मैं आपको एक चीज देना तो भूल ही गया, जरा एक मिनट रुकिए।” कहते हुए अनुभव ने अपना ब्रीफकेस खोला और उसमें से रजनीगन्धा के ढेर

सारे फूल निकालकर मेरी दोनों हथेलियाँ भर दीं।

असद इकबाल की आवाज, बच्चों की गुलाबी अँगुलियाँ, शाम की नारंगी छटा और पत्तियों पर ठहरी हरी ओस की बूँदों के अलावा यह वही चीज थी जो मुझे बहुत पसन्द थी। रजनीगन्धा के फूल।

फूलों की मादक गन्ध और छुअन मेरे भीतर उतरती चली गयी। एक अलग मोहपाश में बँधी मैं और अनुभव, दोनों कैफेटेरिया की तरफ चल पड़े।

बातें बहुत थीं। एक कप की बजाए हमने दो-दो कप कॉफी पी। कॉफी अनुभव की थकान उतार रही थी और मुझे इसी बहाने उसके हाव-भाव पढ़ने का मौका मिल रहा था। बची-खुची औपचारिकताएँ भी अब लगभग समाप्त होने लगीं थीं।

"यूँ तो यह मन्दिरों का शहर है, पर आपका भी तो कोई आग्रह होगा। अच्छा बताओ कहाँ चला जाए, क्या देखना पसन्द करेंगे?" मैंने आगन्तुक की इच्छा का सम्मान करते हुए हॉस्पिटेलिटी दिखाने की कोशिश की।

"परी, मेरा 'तुम्हारे' अलावा कोई पूर्वाग्रह नहीं है। मैं तो यहाँ सिर्फ 'तुमसे' मिलने आया हूँ, जो 'तुम्हें' पसन्द हो वही दिखाओ...।" तुम्हारे, तुमसे और तुम्हें शब्दों पर अतिरिक्त जोर देते हुए उसने कहा।

"मुझे शाम बहुत पसन्द है, पर शाम में अभी देरी है। उसके अलावा... उसके अलावा मुझे जल राशि बहुत पसन्द है। (मैंने थोड़ा सोचते हुए जवाब दिया)

फिर चाहे वह कच्ची-पक्की सीमाओं में बँधी तालाबों की नियन्त्रित जल राशि हो या पहाड़ों से मुक्त होने को संघर्ष करती झरनों की अनियन्त्रित जल राशि। नदियाँ तो मेरी आराध्य हैं।" गन्ध और छूअन के मोहपाश और उसके आग्रह को ग्रहण करते हुए मैंने किसी सूत्रधार की तरह अपनी बात आगे बढ़ायी।

"तब तो यहाँ की नदी से ही मिला जाए..." वह मेरा रुख समझ चुका था।

मैंने गाड़ी स्टार्ट की और सर्कुलर रोड से होते हुए हम पीरखोह मन्दिर के पास पहुँच गये। यहाँ पहुँचकर मैंने गाड़ी रोक दी। और एक रचनाकार की सौन्दर्य-दृष्टि उसमें खोजने की कोशिश करते हुए सवाल किया—

"आपको नदी सिर्फ देखनी है या उससे मिलना भी है..."

"मैं जीवन को समग्रता में जीना चाहता हूँ, इस लिहाज से नदी से मिलना ही उचित रहेगा। देखना तो कभी भी हो सकता है।" किसी दार्शनिक की तरह उसने भी जवाब दिया।

"तो फिर तैयार हो जाइए, आगे का सफर पैदल ही तय करना पड़ेगा।" गाड़ी से उतरते हुए मैंने उसे आगे की राह के लिए तैयार किया।

कुछ रास्ता पक्की सड़क का था और आगे कच्ची पगडंडी शुरू हो चुकी थी।

तवी से पत्थर ढोने वाले खच्चरों के पैरों के निशान से पगडंडी अलग पहचानी जा रही थी। यहाँ से होते हुए हम दोनों तवी के किनारे पहुँच गये।

मौसम बसन्त का था, पर तवी पर उदासी छाई हुई थी। उसे भी किसी का इन्तज़ार था शायद... किनारे उससे दूर होते जा रहे थे।

"परी... यही नदी है तुम्हारे पास?" अब तक उसका मेरे लिए सम्बोधन 'आप' से बदलकर 'तुम' हो चुका था।

"क्यों.. क्या आपको यह अच्छी नहीं लगी। एक्चुअली बारिश नहीं हुई है न बहुत दिनों से...आपको नहीं पता, यह हमारे शहर की लाइफ लाइन है।" मैंने हैरान और लगभग आहत होते हुए अपनी और नदी की स्थिति स्पष्ट करनी चाही। परन्तु वह पत्थरों से अटे उसे थोड़े से पानी को नदी मानने को तैयार नहीं था।

"होगी, जरूर होगी, परन्तु हे देवी, मेरी आत्मा नहीं मानती कि मैं इसे नदी कहूँ..." उसने मजाक किया पर मुझे चुभ गया।

"नदियाँ सिर्फ देखने के लिए नहीं होतीं अनुभव, वे मानने के लिए भी होती हैं। एक ही नजर में तुम इसके होने और न होने का फैसला कैसे कर सकते हो। अभी तो तुम्हारी इससे पहली ही मुलाकात है...।"

मैं किसी परदेसी को यह अधिकार भी नहीं देती कि वह मेरी नदी का मजाक उड़ाए।

"तुम नाराज क्यों हो रही हो, पर सच मानो अगर यह वाकई नदी है तो इसकी हालत बहुत दयनीय हो गयी है। यह सूखने लगी है, इसे नये जीवन की जरूरत है। अगर लाइफ लाइन है तो कुछ सोचो इसके बारे में।"

"जानते हो अनुभव, प्रीत और नदी कभी नहीं सूखते। ये तो बस कुछ एनवॉयरमेंटल इफैक्ट्स होते हैं जिससे वह सूखी हुई दिखने लगती है। घटाओं के पहाड़ों से टकराने भर की देर है, कि नदियाँ मदमस्त हो जाती हैं। मतवाली लहरें मिलन का वह सन्देसा दूर-दूर तक पहुँचा आती हैं। तभी तो सारी सभ्यताएँ नदियों के ही किनारे फली- फूलीं।" मुझ पर दर्शन और आत्मीयता हावी होने लगी थी।

"पर मुझे लगता है कि प्रीत में स्थायित्व भी होना चाहिए। तुम्हारे पास कोई ऐसी नदी नहीं है जो स्थायी हो... जो अब तक सूख न पाई हो, वो तुम्हारे बताए एनवॉयरमेंटल इफैक्ट्स के कारण।"

तुम्हारे पास सौन्दर्य दृष्टि तो है अनुभव, पर आत्मिक अनुभूति नहीं है। मैंने उसकी अब तक की तमाम भावनात्मक रचनाओं को धता बताने की कोशिश की। सहसा मेरे भीतर के मेहमान नवाज ने मुझे रोक लिया।

"खैर छोड़ो, चलो तो तुम्हें प्रेम के अमर प्रतीक के पास लिए चलते हैं। कितनी ही पीढ़ियाँ गुजर गयीं, पर वह अब तक नहीं सूखी। लेकिन पहले कुछ खा

लिया जाए। वहाँ पहुँचने में थोड़ी देर लगेगी।'' हम दोनों अभी एक दूसरे के साथ और समय बिताना चाहते थे। तवी और उस पर पसरी उदासी को पीछे छोड़ते हुए हम दोनों आगे बढ़ गये।

हम दोनों ने पहले लंच किया और फिर हम अखनूर की तरफ निकल गये। दोनों तरफ पेड़ों से घिरा रास्ता अनुभव को भला लग रहा था। ठंडी शीतल बयार उसे सुखद अनुभूति का निमन्त्रण दे रही थी।

''वाह... इसे कहते हैं नदी...'' दूर पुल पर से चिनाब की लहरें देखते ही वह अभिभूत हो गया।

''कौन सी नदी है ये?''

''चिनाब... दरिया चिनाब...'' मैंने पुरजोर गम्भीरता, आत्मीयता और बड़प्पन से जवाब दिया। जैसे कोई अपनी सयानी हो रही बेटी की प्रशंसा सुनकर उसका नाम बताता है।

मेरे बाल बार-बार उड़कर मेरे गालों पर आ रहे थे। चिनाब की लहरें मेरे पास रखे रजनीगन्धा की खुशबू और छूअन से जल्द से जल्द मिलने को आतुर हो रहीं थीं। मैंने उन्हें नजरों में भरकर गुनगुनाना शुरु किया,

''सोहनी चिनाब दे किनारे ते पुकारे तेरा नाम ... आजा... आजा...''

मेरा गला बहुत अच्छा नहीं था पर फिर भी गुनगुनाते हुए इस सुन्दर दृश्य में सुर की संगत बन पड़ी।

''क्यों है न खूबसूरत... ?''

''सचमुच बहुत खूबसूरत है। ऐसा दरिया सामने हो तो कौन न डूब जाए।''

''शुभ-शुभ बोलो, डूबने-वूबने की बातें न करो। इसकी इन्हीं आकर्षक लहरों में ही कहीं शोक भी डूबा है।'' मैंने पिछले दिनों हुई ट्रक और बस दुर्घटनाओं के बारे में बताते हुए उसे चिनाब से सावधान रहने की भी हिदायत दी।

किनारे तक पहुँचते हुए शाम घिर आई थी। चिनाब की सुरमई लहरें शाम को आईना दिखा रहीं थीं। चिड़ियों के कलरव ने मेरा साथ दिया और दृश्य अपने पूरे शबाब पर नव आगन्तुक को रिझाने लगा। ऐसे माहौल में कविता से बेहतर और क्या हो सकता था—

शाम जरा तुम ऐसे ढलको
कि रातें ग़ज़ल हो जाएँ
रोम रोम सब शीशमहल
और हम तुम अवध हो जाएँ
लिख दूँ होंठों पर कविताएँ
मिलना तेरा निबन्ध हो जाए।

दुपट्टे को सँभालते हुए, उड़ रहे बालों को कानों के पीछे करते हुए मैंने शायराना मूड में कहा।

"वाह... वाह.. वाह... वाह...तो शायरी भी कर लेती हैं आप।" मेरी टूटी-फूटी पंक्तियों पर दाद देते हुए उसने एक काबिल श्रोता होने का फर्ज अदा किया।

"वाकई बहुत आकर्षक है।"

"क्या?", मैंने सकुँचाने और इठलाने के मिश्रित भाव के साथ सवाल किया।

"दरिया भी और आपकी शायरी भी। नदी और प्रीत के तमाम तत्त्व हैं इन दोनों में, पढ़ने के साथ-साथ लिखने का भी शौक है आपको!"

"अरे नहीं, यूँ ही कहीं किसी किताब में पढ़ी थीं।" अपनी ही पँक्तियों को चुराया हुआ बताकर मैंने बचने की कोशिश की।

"वो भूरी दीवारों का खंडहर कैसा है... " शाम और हमारी मुलाकात दोनों एक दूसरे का हाथ थामे आगे बढ़ रहे थे।

"उसे अखनूर का किला कहते हैं। कहते हैं कि कभी राजा विराट की नगरी हुआ करती थी अखनूर। और अज्ञातवास के दौरान पाँडवों ने यहाँ शरण ली थी। यहीं पर तो अर्जुन उत्तरा को नृत्य सिखाया करते थे।"

"और अब कोई उत्तरा आती है यहाँ पर पायल की रुनझुन लिए..."

उसने फिर मुझे बहलाने की कोशिश की और मैंने हल्की मुस्कान के साथ बात टालने की।

हम फिर चिनाब की तरफ आ रहे थे।

"क्या हम इसके किनारों तक जा सकते हैं, बहुत विशाल लगती है ये।"

"विशाल है और खतरनाक भी, जो इसमें डूबा आज तक नहीं मिला।"

"पर कच्चे घड़े पर टिका विश्वास तो पक्का था।"

"इसलिए तो अमर हो गया।"

हम और हमारे सवाल-जवाब चलते हुए चिनाब के किनारे तक पहुँच गये। यह जिया पोत्ता घाट था।

"क्या यहीं सोहनी-महिवाल एक हुए थे?"

"नहीं, वह हिस्सा अब पाकिस्तान में है। सरहदों ने सब कुछ बाँट लिया, पर नदियाँ कहाँ बटेंगी।

चलो घाट पर कुछ देर बैठते हैं। शाम होने लगी थी, चिनाब के किनारे ठंडी हल्की बयार में हम दोनों ने ढेरों बातें कीं। रजनीगन्धा के फूल इन बातों में महक घोल रहे थे।

"मैं तुम्हारे लिए अपनी किताब भी लेकर आया हूँ। तुम इसे पढ़ना, मुझे

जानने में तुम्हें और मदद मिलेगी।''

''इतना ज्यादा जानकर भी क्या करना है'', मैंने अपने आप से ही सवाल किया। फिर सँभलते हुए उसे वापस दृश्य में खींच लायी।

''जानते हो इस घाट का नाम जिया पोत्ता घाट है। यहीं महाराजा रणजीत सिंह ने जम्मू के महाराजा गुलाब सिंह का राजतिलक किया था। वह राजतिलक भी बड़ा अनूठा था।

महाराजा रणजीत सिंह ने महाराजा गुलाब सिंह के माथे पर नीचे से ऊपर की ओर नहीं, बल्कि ऊपर से नीचे की ओर तिलक किया था।''

''उल्टा तिलक, पर क्यों?'' यह पूछते हुए उसकी आँखों में बच्चों जैसी उत्सुकता थी। मैंने उनमें गुलाबी अँगुलियाँ ढूँढ़नी चाहीं, पर उनमें चिनाब में डूबता नारंगी सूरज नजर आ रहा था।

डूबते सूरज को उसकी आँखों में देखकर मैंने जवाब दिया, ''इस तिलक के साथ ही उन्होंने महाराजा गुलाब सिंह को यह सन्देश दिया कि तुम एक पहाड़ी राज्य के राजा हो। तुम्हारा साम्राज्य इतना विस्तार पाए कि वह पहाड़ से पाताल तक जाना जाए।''

''अरे वाह, इंटेलीजेंट महाराजा थे रणजीत सिंह।''

''हाँ, और महाराजा गुलाब सिंह ने यह कर दिखाया।''

''तब तो मेरा राजतिलक भी यहीं होना चाहिए...'' कहते हुए अनुभव खिलखिला कर हँस पड़ा। उसकी हँसी लहरों की तरह अनुशासनहीन थी।

''छोड़ो राजतिलक, तुम्हें उससे क्या। तुम तो शब्दों के बाजीगर हो, उसी में कमाल दिखाना। वो अपनी किताब तो दो जरा!''

''क्यों क्या अभी पढ़ने का इरादा है, मैं बहुत बोर कर रहा हूँ क्या?''

''दो ना..., तुम सवाल बहुत पूछते हो।''

''वह ब्रीफकेस में है, उसके लिए वापस गाड़ी तक जाना पड़ेगा।''

''तो जल्दी जाओ। ये लो चाभी, मैं तुम्हारा यहीं इन्तजार करती हूँ।''

थोड़ी ही देर में अनुभव ने किताब लाकर मेरे हाथ में पकड़ा दी।

मैंने किताब को पहले माथे से छुआ, फिर उसके हाथों से और फिर घाट की कुछ और सीढ़ियाँ उतर कर उसे चिनाब में प्रवाहित कर दिया।

''ये क्या किया परी?'' उसने अचम्भित दृष्टि से मेरी ओर फिर उस बहती हुई किताब की तरफ देखा।

''तुम लेखक हो न, तख्तो ताज का क्या करोगे? मैं चाहती हूँ कि तुम्हारी सृजनात्मकता दूर-दूर तक फैले। चिनाब की लहरों की तरह, देश और युगों की सीमाएँ तोड़ती जाए।

इसलिए मैंने तुम्हारी रचनाएँ चिनाब को समर्पित कर दीं हैं। अब इसकी लहरें जहाँ भी जाएँगी तुम्हारी रचनाओं की खुशबू वहाँ तक फैल जाएगी।''

296 पेज की वह सुनहरी किताब जलपाखी की तरह तैरती हुई दूर निकल गयी।

''वाह... कमाल हो परी, मुझे कभी ये आइडिया क्यों नहीं आया।'' तैरता हुआ जलपाखी अपने साथ लेखकीय डेकोरम भी बहा ले गया। उसके हृदय का हल्कापन उसकी आँखों से बाहर आ गया और वह कुछ ही क्षणों में उसके पूरे चेहरे पर फैल गया।

''चलो हम दोनों भी इसमें कूद जाते हैं, फिर हम भी अमर हो जाएँगे।''

''दिमाग खराब है क्या तुम्हारा, अगर ये मजाक है तो दोबारा मत करना।'' मैं चिनाब की लहरों से जितना प्यार करती थी उनसे खौफजदा भी उतनी ही थी।

''मजाक नहीं, मैं सच कह रहा हूँ।

मैं तुम्हारे साथ रहना चाहता हूँ परी

और तुम सीमाओं में बँधी हो,

सच बताओ, क्या तुम्हारा कभी मन नहीं करता कि एक बार मेरे गले लग जाओ ...''

अनुभव के इस सवाल के साथ ही आसपास के सभी दृश्य थम गये।

''... चुप, फिर वही चुप... कुछ तो जवाब दो।''

''मेरे पास कुछ नहीं है अनुभव, तुम्हें देने के लिए।'' सात दरवाजों के भीतर से ये कुछ शब्द बाहर आ गिरे।

''देना... देना... देना... जाने औरतों को क्या आदत होती है सिर्फ देते रहने की, जैसे उन्हें तो कुछ लेना ही नहीं होता।''

''मतलब...? '' सवाल था या ताना, पर जो भी था मेरे दिल में नश्तर उतार गया।

''मतलब कुछ नहीं। जाओ कुछ नहीं चाहिए तुमसे। तुम बँटी हुई हो, अभी मुक्त नहीं हो पाओगी।''

''नहीं कुछ तो है, तुम कुछ तो कह रहे थे। बहुत आसान होता है तुम्हारे लिए कुछ भी कह लेना। पर मेरे लिए नहीं... मैं सीमाएँ नहीं लाँघती, अनुभव। तुम मेरी भावुकता का गलत अर्थ लगा रहे हो।''

''तुम मुझे नहीं समझ पाये, नदी को क्या समझोगे?'' कहते हुए चिनाब की लहरें मेरी आँखों से बहने लगीं।

हम दोनों के बीच खामोशी पसर गयी।

तभी मोबाइल बजने लगा

...मोबाइल की रिंग टोन ने माहौल कुछ बदला। फिर भी मैं फोन सुनने की स्थिति में नहीं थी। पहले मैंने उसे काट देना चाहा पर फोन वैभव का था।

आँसुओं का खारापन अपनी आवाज से छिटकाते हुए मैंने सामान्य होने की कोशिश की और कॉल रिसीव की, "हाँ, हैलो"

"...कहाँ हो सीमा, माँ कह रही थी कि कोई तुमसे मिलने आया है , दोपहर तक लौट आओगी। अब शाम होने लगी है। कहाँ हो तुम?"

"हाँ, बस उन्हीं के साथ हूँ, थोड़ी देर में पहुँचती हूँ।"

"माली आया है, तुमने उससे रजनीगन्धा का कोई पौधा मँगवाया था क्या?"

"हाँ मँगाया था, क्या ले आया...?"

"लाया तो है, पर कहाँ लगवाना है, लॉन में तो कोई जगह खाली है ही नहीं।"

"एक गमला है न खाली, वहीं रखा है, उसमें लगवा दीजिए। मैं बस थोड़ी देर में पहुँचती हूँ।"

"गमले के लिए तो उसने पहले ही मना कर दिया... कह रहा है गमले में नहीं हो पाएगा। इसे रख-रखाव चाहिए। अगर लगाया भी तो फूल बहुत छोटे आएँगे।"

"कैसा माली है ये, क्या जिनके पास लॉन नहीं होता, वो फूलों का शौक नहीं रख सकते। उससे कहो, ले जाए वापस अपना रजनीगन्धा, मुझे नहीं चाहिए।"

"उसे तो कह दूँगा, पर तुम कब आओगी? शाम हो गयी है, मन्दिर में जोत भी करनी है। माँ नाराज हो रही है।"

"हाँ बस थोड़ी देर में पहुँच रही हूँ।" कहते हुए मैंने फोन काट दिया।

"सॉरी, वो उनका फोन था।" घर के लॉन से वापस चिनाब के किनारे पर लौटते हुए मैंने कहा।

"नो इट्स ओके।"

"अब मन ठीक है न आपका?"

"हाँ, बिल्कुल। पर सचमुच मेरे पास कुछ नहीं है तुम्हें देने के लिए।"

"अरे कहा न कुछ नहीं चाहिए तुमसे।"

"पर मुझे कुछ चाहिए तुमसे", कहते हुए मैंने उसका हाथ पकड़ लिया। उसकी छुअन गुनगुनी थी।

"कहो, क्या चाहिए।" उसने सहलाते हुए सवाल किया।

"कुछ नहीं, बस तुम्हारी मित्रता चाहती हूँ। मैं नहीं चाहती कि हमारा सम्बन्ध कोई कटु मोड़ लेकर खत्म हो। मैं चाहती हूँ कि आप हमेशा मेरे मित्र बने रहें।"

मेरे हाथों को और मजबूती से पकड़ते हुए उसने लम्बी साँस ली और कहा,

"जाओ किया वादा, अनुभव एक बार जिससे वादा करता है, जीवन भर उसकी कलाई नहीं छोड़ता।

तुम भले न आओ, पर जब भी मुश्किल में होंगी मुझे अपने सामने खड़ा पाओगी।"

"अब तुम लौट जाओ अनुभव। मेरे पास तुम्हें देने के लिए ही नहीं, तुम्हारा दिया कुछ सहेजने की भी जगह नहीं है।" कहते हुए मैंने रजनीगन्धा के फूल वापस अनुभव के हाथों में थमा दिये।

"घर चलने को कहूँगी तो तुम मानोगे नहीं, यहाँ चिनाब के किनारे पर पास ही में एक फकीर की कुटिया है, तुम चाहो तो रात वहाँ गुजार सकते हो। सुबह तुम्हारे जाने का सब बन्दोबस्त हो जाएगा। और कुछ दिन ठहरना चाहो तो... मना नहीं करेगा फकीर... लहरों की भाषा पढ़ने में माहिर वह तुम्हारे मन को कुछ शान्ति देगा। अब मुझे इजाजत दो... मुझे अपने मन्दिर में जोत जगानी है। मेरा परिवार मेरा इन्तजार कर रहा है।"

"जा रही हो परी? जाते-जाते मुझ पर एक अहसान करोगी?" सब कुछ जानते हुए भी उसने सवालों का एक जोड़ा मेरी तरफ बढ़ा दिया।

"हाँ कहो न, मेरे वश में हुआ तो जरूर करूँगी।" हारे हुए योद्धा की तरह मैंने फिर से अपने आपको सँभालते हुए कहा।

"ये फूल, ये खुशबू मैं तुम्हारे लिए लाया था, तुम्हारे बिना मेरे लिए इनका कोई अर्थ नहीं। इन्हें भी यहीं चिनाब में बहा दो, मैं मान लूँगा कि मेरा प्यार अमर हो गया। और यह मुलाकात भी।"

मैंने इस मुलाकात की उसकी अन्तिम इच्छा का पूरे हृदय से सम्मान किया। रजनीगन्धा के फूल चिनाब में बहाकर मैं अपने घर लौट आयी। घर आकर मन्दिर में जोत जगायी। पीले दिन, पीली उदासी और आते हुए उसके चेहरे का पीलापन सब जोत में उतर आया। माता की लाल ओढ़नी पर लगा पीला गोटा मुझे आज से पहले कभी इतना पीला नहीं लगा था। लगा कि ये मेरे जीवन की लालिमा ही निगल लेगा।

मैंने पीलेपन को चुनौती देते हुए आरती की थाली में रखी रोली में अँगुली डुबोयी। माँ दुर्गा की मूर्ति के ममतामयी चेहरे को निहारते हुए उसके माथे पर रोली से लाल टीका लगाया। मुझे याद आया शून्य मस्तक से पूजा नहीं करनी चाहिए, आज मैं जल्दबाजी में बिन्दी लगाना ही भूल गयी थी। एक और अँगुली डुबोकर रोली से मैंने अपने माथे पर गोल बिन्दी बनायी और बची हुई रोली को माँग में जगह दे दी।

जीवन का चरखा अपनी उसी ताल से दिन रात कात रहा था। जकड़न भरी आवाज से मैंने यथासम्भव दूरी बना ली। कभी कभार अनुभव का फोन आता, पर दोनों ओर से औपचारिकता का अंश अधिक रहता। मित्रता का भाव दर्शाते हुए वह मेरे परिवार, मेरी दिनचर्या के बारे में भी एक-आध सवाल पूछ लेता। और मैं भी उसी भाव से उनका एक-आध उत्तर दे देती।

हमारी शादी को तीन साल हो चुके थे। आज उसी की पार्टी थी। कितने खुशनुमा थे ये तीन साल। वैभव ने कभी किसी चीज की कमी महसूस ही नहीं होने दी। फिर भी इन्हीं खुशनुमा दिनों की यादों में एक याद चिनाब के किनारे की शाम की भी थी। नारंगी सूरज के ढलने के बाद अनुभव के चेहरे पर उतरे पीलेपन की भी थी। उसी याद में एक अंश रजनीगन्धा के फूलों का भी था। मेरे घर के लॉन में आज भी रजनीगन्धा का कोई पौधा नहीं था।

क्या माली ने सोच-समझकर कहा था? या उसके अनुभव ने उससे यह अनायास ही कहलवा दिया था, ''बड़ा रख-रखाव चाहता है, गमले में पूरा नहीं खिल पाएगा यह फूल।'' और मेरे पास कोई खाली जगह नहीं थी। लॉन की तरफ निहारते हुए मैंने अपने आपसे कई सवाल किये और खुद ही खुद को असद इकबाल की तरह दिलासा दी।

मैं भी पता नहीं बैठे-बैठे क्या सोचती रहती हूँ, खाली दिमाग शैतान का घर।

आज हमारी वेडिंग एनीवर्सिरी है और मैं आज भी न जाने क्या-क्या सोच रही हूँ।

शाम की पार्टी की तैयारी करते हैं।

तभी मोबाइल की घंटी बजने लगी, स्क्रीन पर अनुभव का नाम टिमटिमा रहा था।

''हैलो...''

''जी नमस्कार।''

''नमस्कार, कैसी हैं आप?''

''अगर मैं गलत नहीं हूँ तो शायद आज आपकी वेडिंग एनीवर्सिरी है?'' उसने शंका दूर करने की चेष्टा से सवाल किया। पर उसे कैसे मालूम, मुझे सन्देह हुआ। उससे बात करते हुए मैंने उसे न जाने क्या-क्या बता दिया था, मुझे खुद याद नहीं था।

''जी नहीं, आप बिल्कुल गलत नहीं हैं। आज ही हमारी वेडिंग एनीवर्सिरी है।''

''हमारी तरफ से आपको और वैभव जी को बहुत-बहुत शुभकामनाएँ। मैंने सोचा था कि आप दोनों के लिए कोई तोहफा खरीदूँ, पर फिर लगा पता नहीं आप

लेंगी भी या नहीं, हमारी दी हुई चीजों के लिए तो आपके पास जगह ही नहीं होती।'' इस बार उसके ताने में बच्चों जैसा खिलंदड़पन नहीं था। उसमें मातमी गम्भीरता थी।

''नहीं ऐसी कोई बात नहीं है, तोहफे की भला क्या जरूरत। दोस्तों की शुभकामनाएँ ही बहुत होती हैं। थैंक यू सो मच।'' कहते हुए मैंने फोन रख दिया।

फोन तो रख दिया पर उसकी मातमी आवाज का ताना मेरी देह से चिपक गया। इससे छूटने का जब कोई जतन मुझे न सूझा तो मैंने बाथरूम में जाकर शावर लेना ही बेहतर समझा। शॉवर की नन्हीं बूँदें बेरोकटोक मुझ पर बरसने लगीं। मैं आँखें बन्द किए उनमें डूब जाने की कोशिश कर रही थी। मेरी आँखों के सामने फिर जलपाखी की तरह लहरों पर सवार उसकी किताब तैरने लगी। मैंने चेहरे को झटकते हुए शावर बन्द कर दिया और खुद को टावल से पोंछते हुए नाइटी पहन ली। नाइटी का सलेटी रंग मुझे बार-बार न जाने क्यों तवी के उदास पत्थरों की याद दिला रहा था।

माँ ने कितनी बार टोका था मुझे इस तरह के रंग खरीदने पर। उनका मानना था कि खूबसूरत रंग पहनने से मन खिला-खिला रहता है। और सौभाग्यवती स्त्रियों को इन उदास रंगों से दूर ही रहना चाहिए।

सासू माँ की सलाह याद आयी और अब तक शाम भी हो चुकी थी। पार्टी के लिए तैयार होना था। मैंने अपना ध्यान वैभव की दी हुई खुशियों की तरफ लगाने की कोशिश की। याद आया उनका दिया तोहफा तो मैंने अब तक खोला ही नहीं। कितनी लापरवाह हो गयी हूँ मैं। सोचते हुए पैकेट खोला तो उसमें से एक खूबसूरत साड़ी निकली। साड़ी पर लगे सितारों की जगमगाहट मुझे वैभव के प्रेम में डुबाने-उतराने लगी।

मुझे और वैभव दोनों को ही सादगी बहुत पसन्द थी, फिर भी मैं आज खूब मन लगाकर तैयार हुई।

घर के बाहर से वैभव ने गाड़ी का हॉर्न बजाना शुरू किया, मैं झट से पर्स उठाकर गेट से बाहर आ गयी। और कार का दरवाजा खोलते हुए वैभव के साथ वाली अगली सीट पर बैठ गयी।

वैभव ने नजर भरकर मुझे देखा, ''लुकिंग स्मार्ट..., नारंगी रंग वाकई तुम पर बहुत खिलता है।''

दुर्घटना से बचने के लिए जैसे अचानक ब्रेक लगता है मेरी तन्द्रा उसी वेग के साथ टूटी, ''क्या ये साड़ी नारंगी रंग की है?'' गाड़ी के शीशे में देखते हुए मैंने अपने आप से सवाल किया। वहाँ मुझे अनुभव की आँखों में डूबता हुआ नारंगी सूरज दिख रहा था।

सूरज डूब चुका था। शहर के सबसे शानदार पार्टी लॉन में रखी थी वैभव ने मेरे लिए पार्टी।

तामझाम के हिसाब से बड़ी शानदार पार्टी कही जा सकती थी। किसी को भी बाँध लेने के तमाम इन्तजाम थे इस पार्टी में, पर मुझे यहाँ मौजूद हर रंग चिनाब की शाम की तरफ धकेल रहा था। और डूबता हुआ नारंगी सूरज तो मुझसे बिल्कुल लिपटा हुआ था।

सुनहरी रोशनी में हजारों हजार जलपाखी तैरते मालूम हो रहे थे। ये कौन सा चक्र था जो मेरे आसपास घिर आया था। मैं इससे बाहर क्यों नहीं हो पा रही थी? सोचते सोचते चिनाब के किनारे के उस फकीर के शब्द बार-बार मेरे मन के दरवाजे पर दस्तक देने लगे –

"सुन्ने दी पालकी इच तुस इन्ने दुआस की
चेते ते नेईं आवें करदे कन्ने दे ओ कोकलू"

मैंने पर्स से मोबाइल निकाला, अनुभव का नम्बर डॉयल किया। लगातार रिंग जाती रही, पर उसने कॉल रिसीव नहीं की। फोन कट गया।

मैंने नंबर री-डॉयल किया, फिर वही रिंग जाने का लम्बा सिलसिला, फिर किसी ने कॉल रिसीव नहीं की। फिर फोन कट गया। मैंने झुंझलाकर मोबाइल वापस पर्स में रख लिया।

मेरे भीतर के जल-थल की हलचल से अनजान वैभव ने मेरा हाथ पकड़कर डांसिंग फ्लोर पर खींच लिया... और हम खूब नाचे।

एक अजब बीमारी ने मुझे घेर लिया था। मेरे चारों तरफ सिर्फ एक ही शख्स था, हर तरफ उसी की गन्ध और उसी के रंग थे, जिन्हें छू पाना मुश्किल था, और उनसे बच पाना और भी ज्यादा मुश्किल।

मेरी और वैभव की दुनिया में अनुभव ने ख्वामखाह डेरा डाल लिया था। जैसे सविनय अवज्ञा आन्दोलन पर हो।

रसोई में जाकर कुछ बनाने लगती तो उसका दो अँगुलियाँ चाटते हुए चटखारे लेना याद आ जाता। फिर वही बनाती जो उसे पसन्द था। आटा गूँथते हुए उसकी हथेलियों की गुनगुनी पकड़ याद आ जाती।

वैभव के लिए खाना परोसती तो अनुभव का चेहरा सामने आ जाता।

'पता नहीं उसने अब तक कुछ खाया भी होगा या नहीं।'

खाली वक्त मिलते ही अनुभव की लिखी किताबें पढ़ना शुरू कर देती। उसकी किताबों के सब चरित्र मुझे अपने से जान पड़ते, किसी का प्रेम मुझ जैसा लगता, किसी का अहंकार। किसी के भाव मुझ जैसे लगते तो किसी का अंदाज। कई बार तो उन्हीं की तरह मैं व्यवहार भी करती।

शाम को लैपटॉप पर उसकी साइट देखती, फेसबुक पर उसका चेहरा देखकर उसके फैन्स की लिस्ट और कमेंट पढ़ती। अजब सतरंगी दुनिया थी, खुद की बुनी गुनी।

आज भी पूरी शाम मैंने अनुभव को खूब याद किया। इतना कि मुझे पता ही नहीं चला कि रात कब हो गयी। सातवीं बार उसका उपन्यास पढ़ने की कोशिश कर रही थी। तब जबकि मुझे याद हो चुका था कि कब, कौन सा पात्र क्या कहेगा और क्या करेगा। पात्र जब किताबों से निकल कर मेरे दिमाग पर चढ़ बैठते तो मैं क्षितिज में निहारने लगती और घंटों निहारती ही रहती...

"अरे आप आ गये..." वैभव ने मेरे कन्धे को हिलाते हुए मेरा ध्यान भंग करने की कोशिश की तो मैंने चौंकते हुए कहा।

वैभव के घर पहुँचने पर मैं हैरान रह गयी और मुझे अन्दाज़ा हुआ कि मैं कितनी देरी से यूँ ही अनुभव की किताब हाथ में लिए बैठी हूँ। शाम की चाय भी ठंडी होकर पानी हो चुकी थी।

"पानी" मुझे याद आया घर लौटते ही वैभव सबसे पहले नींबू पानी पीते हैं। मैं झट से रसोई में वैभव के लिए नींबू पानी बनाने चली गयी।

"समय का चरखा आजकल दिन कातता नहीं था, चबा रहा था। पता ही नहीं चलता था कि कब दिन ढला और कब रात हो गयी।" काम खत्म करने के बाद बैडरूम में आते हुए मैंने महसूस किया।

जाने क्यों आज अनुभव बड़ी शिद्दत से मुझे याद आ रहा था।

मैं बार-बार मोबाइल देखती, इस लालसा के साथ कि वह फोन करेगा और पूछेगा 'कैसी हो परी...' इधर चिनाब वाली शाम के बाद से उसने मुझे एक बार भी 'परी' नहीं कहा था। जाने क्या समझा दिया चिनाब किनारे के फकीर ने उसे।

बत्ती बुझाकर मैं तकिया खींचते हुए वैभव की बगल में लेट गयी। आँखे बन्द की तो रजनीगन्धा के फूल चाँद की तरह टिमटिमाने लगे। आँखें खोली तो कमरे में वहीं घुप्प अन्धेरा ठहरा हुआ था। मैंने फिर आँखें मूँद ली। रजनीगन्धा के फूल फिर खिलखिलाने लगे।

वैभव ने प्यार से मेरा गाल सहलाया, मुझे उनमें वही गुनगुनी छुअन महसूस हुई जो अनुभव का हाथ पकड़ने के बाद से अकसर आटा गूँथते वक़्त महसूस हुआ करती थी। मैंने फिर आँखें खोलीं, अँधेरे में वैभव की आँखें चमक रहीं थीं। मैंने फिर आँखें मूँद लीं। अब उनमें डूबता हुआ नारंगी सूरज दिखाई दे रहा था।

वैभव की दोनों बाहें मुझे चिनाब के किनारे-सी लग रही थीं, जिनके बीच मैं रजनीगन्धा के फूलों की तरह बही जा रही थी, साथ में थी अनुभव से मुलाकात की गन्ध, उस गन्ध का प्रेम और उस प्रेम का रस।

उसके चारों तरफ अनुभव के अलावा और कुछ नहीं था, न वैभव, न अँधेरा, न कोई इनकार।

"क्या तुम्हारा कभी मन नहीं करता कि एक बार मेरे गले लग जाओ।" सात तालों में बन्द, सात रंगों की सात तहों में, सात सूतों में उलझा वह एक सवाल हौले से मेरी देह में सिहरन पैदा कर गया।

वैभव को अपनी बाहों में जकड़ते हुए मैं भरपूर वेग के साथ अनुभव के गले लग गयी।

इसी सतरंगी दुनिया में एक रंग मेरे भीतर भी पनपने लगा था। यह किसलयों पर ठहरी ओस की बूँदों की तरह हरा हो सकता था, इसकी हलचल मैं महसूस कर रही थी।

कुछ ही महीनों में मेरे शरीर के भीतर ही भीतर उभरता उसका आकार वैभव, माँ और मिलने-जुलने वाले और लोग भी महसूस करने लगे थे। सब खुश थे, हमें शुभकामनाएँ दे रहे थे पर मेरा मन अशान्त था। चिनाब की लहरें मेरा पीछा ही नहीं छोड़ रहीं थीं। अक्सर रात में वो मुझे अपने साथ उसी शाम की सैर पर ले जाता, जहाँ मैंने रजनीगन्धा के फूल और वह सुनहरी जलपाखी प्रवाहित की थी।

सब कुछ कहाँ बह पाया था उस शाम, मेरे बहुत सारे रंग अब भी वहीं ठहरे थे। उन्हीं रंगों से मिलने मैं भी अक्सर रात में चिनाब की लहरों के बुलावे पर उठ खड़ी होती थी।

वैभव को यह बीमारी लग रही थी। माँ को कोई 'शाय बला'। माँ ने मेरे बिस्तर में 'सैंती सरिये' के सुनहरे दाने बिखेर दिये। कलाई में दानों की पोटली बनाकर बाँध दी। इनका रंग भी जलपाखी की तरह सुनहरा था, मुझे ये भले लगने लगे।

खाने-पीने और खुद से ज्यादा मुझे इन सुनहरे दानों के साथ रहना अच्छा लगता था। इस पर माँ और विचलित हो गयी। मेरे लिए भी और मेरे भीतर बढ़ते उस नन्हें बीज के लिए भी।

वैभव मुझे खाना खिलाने की कोशिश करते। पर मैं बहुत कोशिश करने पर भी दो अँगुलियों को चाटते हुए चटखारे नहीं लगा पाती। मेरे निवालों से स्वाद भी गायब होने लगा था। मुझे खाने से विरक्ति हो गयी।

वैभव मुझे डॉक्टर के पास ले गये। डॉक्टर ने मुझसे बहुत देर तक बात करने की कोशिश की। पर मेरे सुनहरे जलपाखी बिस्तर में रह गये थे, मैं नाराज थी, मैंने डॉक्टर से कोई बात नहीं की।

वैभव ने डाक्टर को बताया कि मुझे पढ़ने और थोड़ा बहुत लिखने का शौक है। डॉक्टर ने मुझे पाँच-छह अलग-अलग तस्वीरें दीं और उन पर कुछ लिखने को कहा।

इनमें से एक माँ का आँचल पकड़ते किशोर की थी
दूसरी खिड़की पर कोहनी टिकाए बैठी औरत की
तीसरी चार बच्चों की
चौथी,
पाँचवीं
और छठी।

पर वे सारी तस्वीरें ब्लैक एंड व्हाईट थीं। उनमें कोई रंग नहीं था, न सुनहरा, न हरा, न नारंगी, न गुलाबी। मैं क्या लिखती। मैंने कुछ नहीं लिखा। एक शब्द भी नहीं। मैंने तस्वीरें वापस टेबल पर फेंक दीं।

डाक्टर को सूत्र मिल गया। उसने मुझमें डिप्रेशन खोज निकाला और उससे बचने और लड़ने के लिए ढेर सारी गोलियाँ दे दीं।

इनमें एक गोली नारंगी रंग की भी थी, बिल्कुल उन आँखों में डूबते सूरज जैसी। सैंती सरिये के दानों के साथ मैंने नारंगी रंग की गोलियों को भी अपना दोस्त बना लिया। अब वे भी मेरी सतरंगी दुनिया में शामिल थीं। नारंगी गोलियों की एक खासियत और थी। इन्हें खाने के बाद मुझे झट से नींद आ जाती और मेरी सतरंगी दुनिया मेरे सामने अपने सारे रंग उड़ेलकर सज जाती।

मेरी दुनिया में लहरों की हलचल अब ज्यादा बढ़ने लगी थी। ये कभी चिनाब की लहरों जैसी लगती तो कभी नन्हीं टाँगों जैसी। मेरे भीतर कुछ बड़ा 'भला सा' चल रहा था। मैं उसे लेकर दिन-दिन भर सोयी रहती।

एक रात चिनाब की लहरों में से एक मगरमच्छ अपने अगले पैरों को जल्दी-जल्दी चलाता हुआ निकला उसके पिछले सभी पैर आगे वाले पैरों की सँगत कर रहे थे। सभी पैरों ने मिलकर मगरमच्छ को मेरी तरफ धकेल दिया और मगरमच्छ ने अपना पूरा जबड़ा खोलकर मेरी दोनों हथेलियों को अपनी ओर खींच लिया।

मैं चीख रही थी, चिल्ला रही थी, मगरमच्छ का जबड़ा मुझे छोड़ने को तैयार नहीं था।

"जय बावे दी...
जय बावे दी...
जय बावे दी...
जय बावे दी..." माँ और वैभव मेरी दोनों हथेलियों को अपनी हथेलियों से रगड़ते हुए पुकार रहे थे। मैं इस डरावने स्वप्न पर तेजी से चीख पड़ी थी। माँ का 'शाय बला' वाला शक अब यकीन में बदलने लगा था, वे बावा जित्तो से प्रार्थना कर रहीं थीं, कि वे मुझे इस बला से मुक्ति दिलाएँ।

माँ भी चाहती थी कि मुझे मुक्ति मिले

अनुभव भी चाहता था कि मुझे मुक्ति मिले
फिर मैं क्यों नहीं चाह पा रही थी कि मुझे मुक्ति मिले
क्या ये जरूरी हो गया था कि अब मुझे मुक्ति मिले?

''कल झिड़ी का मेला है, बावे के मत्था टिकाएँगे तो सब ठीक हो जाएगा।'' एक ही जुमले में माँ ने वैभव को सलाह और निर्देश दोनों दे दिया। अब तक दृश्य बदल चुका था। मुझे निगलने वाला मगरमच्छ दृश्य से बाहर हो चुका था। माँ, वैभव और उनकी प्रार्थनाएं दृश्य में शामिल हो चुकी थीं। माँ ने सैंती सरेये की धुनी जगाकर मेरे बिस्तर के चारों तरफ घुमायी। नारियल के तेल से मेरे सिर की मालिश की। और मैं सो गयी।

अगली सुबह हम सब झिड़ी के लिए निकल पड़े। झिड़ी में लगने वाला कार्तिक पूर्णिमा का यह मेला हर बार की तरह विशाल और शानदार था।

अलग-अलग जगहों से आए हजारों-लाखों लोग साढ़े चार सौ साल पुरानी पीड़ा का प्रायश्चित कर रहे थे। 'बावे के तालाब' पर नहा रहे लोगों ने अपने चेहरे और अपनी देह पर तालाब की काली मिट्टी पोत रखी थी। कुछ लोग लोहे की 'सुँगलों' से अपने आप को पीट रहे थे। उन्हें दुख था कि उनके पूर्वजों ने बावा जित्तो की मेहनत और लहु में डूबी कनक क्यों खाई। सदियाँ गुजर गयीं थीं पर ये दुख, ये पीड़ा, ये प्रायश्चित कम होने की बजाए बढ़ता ही जा रहा था। हर बार प्रायश्चित करने वालों की भीड़ बढ़ती ही जा रही थी। नहाने के बाद वे बावा जित्तो और 'बुआ कौड़ी' के मन्दिर में जाते, नाक रगड़ते और उनसे माफी माँगते।

वैभव और माँ मुझे भी मन्दिर में ले गये। मेरे हाथ में मन्दिर में चढ़ाने के लिए प्रसाद और 'बुआ कौड़ी' के लिए खरीदी गयी प्लास्टिक की गुलाबी गुड़िया और लाल ओढ़नी थी।

मेरे हाथ जैसी ही ढेरों गुड़ियाँ और ओढ़नियाँ 'बुआ कौड़ी' के कदमों में पड़ीं थीं। और 'बुआ कौड़ी' अपने पिता बावा जित्तो की अँगुली थामे खड़ी थी।

मैं 'बुआ कौड़ी' की तरफ एकटक देख रही थी, ''कितना शौक होगा न उसे गुड़ियों से खेलने का। आठ साल की उम्र तो होती ही है गुड़ियों से खेलने की। पर कोई भी कौड़ी तभी तक गुड़ियों से खेल सकती है जब तक उसके सर पर माँ-बाप का सुरक्षित छत्र रहे। बिन माँ की बच्ची ने अपने पिता की रसोई सँभाल ली। आठ साल की बच्ची के हाथों से बनने वाली छोटी-छोटी रोटियाँ कैसी होती होंगी।'' मेरी आँखों के सामने उन रोटियों का आकार और उन्हें पकाने वाले नन्हें हाथों के लिए दुलार उमड़ने लगा।

वो रोटियाँ भी कहाँ खिला पायी थी अपने पिता को। मेरी आँखों के सामने अब वह दृश्य आने लगा जब वह अबोध बच्ची अपने पिता की चिता में कूद गयी होगी, जमींदार के अन्याय के विरुद्ध। मेरी आँखों से आँसू बहने लगे। प्लास्टिक की

गुलाबी गुड़िया मुझे 'बुआ कौड़ी' लगने लगी। मैंने उसे कसकर अपने सीने से लगा लिया, मैं उसे उसके हिस्से का दुलार देना चाहती थी। पर लेने के लिए वह अब बची कहाँ थी... मैं खूब रोयी। वैभव ने और माँ ने मुझे पकड़कर ड्योढ़ी पर बिठा दिया। मैं सुबकती रही, मैं माफी माँगना चाहती थी उस नन्हीं बच्ची से जिसका बचपन लालच और अन्याय ने छीन लिया था। न जानें और कितनी ही कौड़ी ऐसी होंगी जिन्हें उनका बचपन नसीब ही नहीं होता, क्या सभी को जान पाते हैं हम...

मैं रो रही थी,
रोये जा रही थी।
मेरा दुख, मेरी पीड़ा,
अपनी कौम के लिए मेरा प्रायश्चित कम ही नहीं हो रहा था।
मैं रोते-रोते बेसुध हो गयी।
कौड़ी की गुलाबी गुड़िया मेरे पास ही रह गयी।

मुझे जब होश आया मैं हॉस्पिटल में थी। मेरे आसपास खड़े डाक्टरों और नर्सों को देखकर लग रहा था कि मेरी हालत ज्यादा खराब है। बच्चा बेहद कमजोर था, पर उसने अपनी जगह छोड़ दी थी। मुझे दर्द भी नहीं हो रहे थे। पर बच्चे को जन्म देना जरूरी था। मेरी कोख में अब उसे सँभालने की ताकत नहीं रह गयी थी। डॉक्टर ने ड्रिप लगायी और मुझे 'आर्टिफिशियल पेन' देने की कोशिश की गयी। शुरू के दो-तीन घंटे मैं यूँ ही बेसुध क्षितिज में निहारती रही, मेरे आसपास के दृश्य मुझ पर कोई प्रभाव नहीं डाल पा रहे थे।

...आधी रात होते-होते दवाइयाँ अपना काम कर गयीं और मुझे दर्द शुरू हो गये। ये सातवाँ महीना था इसलिए माँ और वैभव अब भी घबराए हुए थे। सुबह के साढ़े चार बजे के बाद मैंने एक बहुत कमजोर पर खूबसूरत बच्ची को जन्म दिया। बच्ची इतनी कमजोर थी कि उसे कपड़े में लपेटने के लिए रूई की परतों का सहारा लेना पड़ा। मेरी हालत अब भी ठीक नहीं थी।

डाक्टर और नर्सों की आँखें बता रहीं थी कि वे भी चाहते हैं कि मुझे मुक्ति मिले। मेरी गुलाबी गुड़िया नर्स की गोद में थी, वह उसे कपड़े में लपेट कर मेरे पास ले आयी। मैंने उसे ध्यान से देखा, उसकी अँगुलियाँ बिल्कुल गुलाबी थी। उसकी देह से रजनीगन्धा के फूलों की खुशबू आ रही थी और उसकी छोटी-छोटी सी आँखों में डूबता हुआ नारंगी सूरज भी मौजूद था। मेरे सब रंग मेरे पास थे। मैंने नजर उठाकर देखा अनुभव मेरे सामने था, वैभव और माँ दृश्य से गायब हो चुके थे। मैंने हाथ बढ़ाया, अनुभव ने अपनी गुनगुनी हथेली मेरे हाथ में दे दी, मैं उसे गुलाबी गुड़िया के माथे तक ले आयी। उसने उसका माथा सहलाया और मुझे मुक्ति मिल गयी।

पायल

"...माँ, ऐसी पायल मुझे भी ला दो। फिर मैं भी दिन भर भाभी की तरह रुनझुन-रुनझुन करती घूमा करूँगी।" स्नेह ने इच्छाओं के सागर में हिलोर लेते हुए कहा।

"तुम हमारी बेटी हो और तुम्हारी भाभी हमारी बहू। रुनझुन के सपने लोग बहुओं के लिए देखा करते हैं, बेटियों के लिए नहीं। हाँ, जब तेरी शादी होगी तो तुम्हें भी बनवा देंगे ऐसी पायल, बल्कि इससे भी ज्यादा घुँघरुओं वाली...", माँ ने आश्वासन की गठरी थमाते हुए स्नेह को जवाब दिया।

"सच माँ?...फिर मैं भी अपनी ससुराल में भाभी की तरह..."

स्नेह ख्वाबों में पायल के घुंघरू सँजोने लगी और उसके घुँघरुओं में ससुराल की कल्पनाएँ उतरने लगीं।

—अगर वह बड़ी बहू होगी तो...?

—तो उसकी सास उसे सजा-धजाकर अपनी जवानी के दिन याद करेगी। ननदें पहली भाभी के आने पर फूली नहीं समाएँगी।

—पूरे घर की रसोई मैं ही सँभालूँगी। आखिर बड़ी बहू जो ठहरी। सास के बाद पूरे घर में मेरा ही रौब चलेगा...

—और अगर छोटी बहू हुई तो...?

—तो... तब...तब तो सारी चिन्ताओं से छुट्टी। बस जेठानियों से मीठी-मीठी बातें करूँगी और सारी जिम्मेदारी उन्हीं पर डाल दूँगी।

सबसे छोटी बहू हूँ घर का बचा हुआ सारा प्यार मुझी पर बरसेगा। बच्चों की तरह सँभालेंगे ससुराल वाले मुझे।"

पायल के घुँघरुओं के एक साथ जुड़ने का दिन भी आ पहुँचा। और माँ ने स्नेह के लिए ठीक वैसी ही पायल लाकर दी जैसी उसकी भाभी पहना करती थी।

सुनार से लेकर पड़ोसनों तक ने उस पायल की जोड़ी पर तारीफ के कशीदे पढ़े।

जब-जब भी पायल की तारीफ होती स्नेह ससुराल की उमंगों में डूबने

लगती।

और... और तारीफ सुनने का इन्तजार करने लगती।

स्नेह जब नम आँखों से रुनझुन-रुनझुन करती ससुराल पहुँची तो सभी गहनों-कपड़ों से ज्यादा उसकी पायल की तारीफ हुई।

स्त्री सुलभ आदत से मजबूर कुछ ने तो उसे बनाने वाले सुनार का नाम, पता तक पूछ लिया।

स्नेह इस घर की इकलौती बहू थी। बड़ी भी और छोटी भी। दो खूबसूरत और सम्पन्न परिवारों में ब्याही ननदों की भाभी।

बरामदे से होती हुई जब वह पहली बार अपने पति के कमरे में आयी तो यही पायल रात भर उसके साथ शरारत करती रही।

"...तुम्हारी माँ ने तुम्हारे पैर में पायल बाँधी हैं या कोई चुगलखोर...?" स्नेह के पति ने स्नेह के साथ एक और शरारत की...।

रात-भर की जागी स्नेह उठ तो सुबह सवेरे ही गयी, लेकिन परछत्ती पर जाकर दोपहर बाद तक सोती रही। सोने के इस ठिकाने का पता उसे उसकी छोटी ननद ने ही बताया था। कुछ ने मजाक किया, फिर बेचारी को वहीं सोने दिया।

दोपहर बाद उठी स्नेह जल्दी-जल्दी नहाकर तैयार हुई। शर्म से बोझिल वह एक-एक सीढ़ी चढ़ रही थी।

—क्या कहूँगी सबसे...?

—बात कैसे शुरू करूँगी...?

—क्या चाय के लिए पूछूँ...?

—चाय तो सबने कब की पी ली होगी...।

—तो फिर खाने के लिए...?

—नहीं सासु माँ के पैर छूती हूँ जाकर... फिर जो भी करना होगा वो अपने आप बता देंगी।

एक-एक सीढ़ी चढ़ते स्नेह की पायल कई-कई बार बज रही थी।

स्नेह के लिए उसकी कल्पनाएँ सच हो रहीं थीं।

ऊपर कमरे में पहुँचते हुए उसने देखा दोनों ननदें, सासु माँ और उसका पति बैठे उपहारों के पैकेट खोल रहे हैं और एक डायरी में सारे हिसाब लिखते जा रहे हैं। उसके पहुँचते ही इस कार्रवाई पर अचानक ब्रेक लग गया।

"अरे स्नेह..."

"आओ, आओ बहू बैठो मेरे पास..."

"क्यों भाभी नींद पूरी हुई...?"

स्नेह ने सासु माँ के पैर छूए और चुपचाप उनके पास जाकर बैठ गयी।

इस इन्तजार में कि शायद कुछ तोहफे उसे भी दिखाए जाएँगे...

"और भाभी, क्या खाओगी..."

"भैया जाओ, आप भाभी को कहीं घुमा लाओ..."

"बेचारी क्या करेगी दिन भर बैठी-बैठी...?"

"और खाना भी बाहर ही खा लेना... कल बहू से मीठे का शगुन करवाएँगे, फिर उसके हाथ का खाना खाएँगे। अभी नहीं।"

"अच्छा ऐसी बात है तब तो जाना ही पड़ेगा"

"जाओ स्नेह, तुम नीचे जाकर तैयार हो जाओ, मैं बस थोड़ी देर में आया..." पति ने रजामन्दी दी।

स्नेह चुपचाप उठी और पायल छनकाती धीमे-धीमे पाँवों से नीचे जाने लगी।

स्नेह के उठते ही सबने ठंडी साँस ली और फिर से गिफ्ट खोलने के काम में जुट गये।

पति के साथ बाहर घूमने जाने की खुशी के बीच स्नेह के मन में बार-बार ख्याल आ रहा था कि भाभी के गिफ्ट तो हमने भाभी के सामने ही खोले थे। और फिर थी भी तो उनमें ज्यादातर साड़ियाँ और गहने ही।

"खैर छोड़ो, मुझे क्या जरूरत है इन छोटी-छोटी बातों में पड़ने की। माँ ने वैसे भी कहा था, ससुराल में जाकर बड़ा दिल रखना। कोई कुछ माँगे तो मना नहीं करना..."

स्नेह दो घंटे तक तैयार होती रही। कभी लाल साड़ी निकालती तो कभी गुलाबी...

कभी जूड़ा बाँधती तो कभी क्लिप लगाकर बाल खुले छोड़कर देखती।

आईना भी अब स्नेह की हरकतें देखकर मुस्कुराने लगा था...

यह स्नेह को भी पता था।

दो घंटे बाद लाल साड़ी पहने, खुले लम्बे बाल लिए स्नेह तैयार हो चुकी थी, अपने पति के आने के इन्तजार में...

अब तक शाम के पाँच बज चुके थे। स्नेह खड़े-खड़े थक गयी और साड़ी खराब होने के डर से बैठने का उसका मन नहीं किया।

पेट में भी भूख के मारे चूहे कूदने लगे थे...।

इधर-उधर चक्कर लगाती जब स्नेह थक गयी तो बैड के एक कोने पर साड़ी का पल्लू फैलाकर लेट गयी। ताकि कम से कम पल्लू पर सलवटें न पड़ें...।

साढ़े सात बजे स्नेह का पति नीचे उतर कर आया...

“अरे तुम तो सो गयीं... क्या बहुत थक गयी हो...? अगर ऐसा है तो आज नहीं जाते बाहर, तुम आराम कर लो...”

स्नेह का पति आया और एक ही साँस में सहानुभूति भरा भाषण सुना कर चला गया...।

“क्या जरूरत थी मुझे सोने की...?, कहीं वो नाराज तो नहीं हो गये...! अब इसमें नाराजगी की क्या बात है? तीन बजे नीचे आयी थी मैं और अब साढ़े सात बज रहे हैं...”

“श्रीमान जी तो कहीं नहीं ले जा रहे, अब इन चूहों का क्या करूँ जो तब से पेट में घमासान मचाए हैं?”

“नयी-नयी ससुराल है किसी से कहना भी अच्छा नहीं लगता।”

“हाँ अगर किसी ने खाना खाने के लिए पूछा तो मना नहीं करूँगी।”

...कोई तो खाना खाने के लिए पूछेगा... इसी इन्तजार में रात के नौ बज गये और सभी डिनर टेबल पर आ बैठे।

सासु माँ ने पहले ही कह दिया था कि स्नेह कल सुबह से खाना बनाना शुरु करेगी। इसलिए आज वह खाना परोस रही थी...

स्नेह की शादी अच्छे घर में हुई थी, जहाँ बहुएँ सबसे अन्त में खाना खाती हैं। इसलिए उसका नम्बर रात के 11 बजे आया, जब छोटी ननद ने कहा, “भाभी खाना खाने के बाद भैया के लिए दूध का गिलास जरूर ले जाना।”

अगली सुबह स्नेह से मीठे का शगुन करवाया गया और उसके बाद रसोई में स्नेह की बारी आ गयी। स्नेह की जिम्मेदारी सिर्फ खाना बनाने की थी। क्या बनाना है यह परिवार वाले तय करेंगे।

यह बात उसकी माँ ने उसे पहले ही समझा दी थी। इसलिए उसे ज्यादा परेशानी नहीं हुई।

नयी ससुराल के नये-नये कामों में स्नेह को थकावट भी महसूस नहीं हो रही थी। वह सिर्फ अपने गुणों से सबका दिल जीतने की कोशिश कर रही थी...।

शाम को सभी ऊपर वाले कमरे में बैठे बातें कर रहे थे। इस कमरे में स्नेह का आना स्वागत योग्य नहीं था यह उसे दो-तीन बार में ही लगने लगा था।

वो इस घर की छोटी बहू है या बड़ी? या कोई भी नहीं? स्नेह के पाँव आज यह सोचते हुए सीढ़ियाँ चढ़ रहे थे। सभी इसी कमरे में बैठे थे और बिना सबसे पूछे स्नेह को कोई भी फैसला लेने की इजाजत नहीं थी...। मजबूरन उसे आज फिर इस कमरे में जाना पड़ रहा था।

'रुनझुन...रुनझुन...'

पायल ने आज फिर स्नेह की शिकायत कर दी कि वह कमरे में दाखिल हो रही है।

पायल की शिकायत पर सभी चौकन्ने हो गये और मुख्य बातों पर विराम लगाकर आलू, बैंगन के भाव गिनाने लगे...।

बहू के सामने सिर्फ आलू बैंगन के भाव पर ही बात हो सकती है...? स्नेह को अपने बहू होने पर शर्मिन्दगी हुई।

स्नेह नीचे उतरी, अपने कमरे में दाखिल हुई और अपनी सबसे पसन्दीदा पायल खोलकर चुपचाप अलमारी में रख दी...।

क्लीन चिट

बँगला साहिब गुरुद्वारे में मत्था टेककर सरोवर किनारे बैठना सिमरन कौर को इतनी शान्ति देता था कि घर-गृहस्थी और ऑफिस की महीने भर की थकान उतर जाया करती। इसलिए हर महीने के आखिरी ऐतवार को वह इस गुरुद्वारे में मत्था टेकने जरूर आया करती। मम्मी और छोटी बहन के साथ ऐतवार की कई पिकनिक उसने इसी सरोवर के किनारे मनायी थीं। फिर स्कूल और कॉलेज बंक करके सहेलियों के साथ घूमने के लिए भी यही जगह उसे पसन्द आती थी। लंगर का प्रसाद, सरोवर का पानी और ढेर सारी मस्ती।

सिमरत सिंह जब बैंगलोर से पहली बार दिल्ली आया, तो पहली-पहली डेट भी इसी सरोवर के किनारे पर थी।

मत्था टेककर कड़ाह-प्रासाद खाया और बचा हुआ घी दोनों हथेलियों पर मलते हुए सिमरन कौर सरोवर किनारे चल पड़ी। बरामदे में छाँव देखकर वह वहीं चौकड़ी मारकर बैठ गयी। चिनॉन के महीन दुपट्टे से सिर और माथे को ढाँपते हुए दोनों कानों के पीछे से घुमाकर कन्धे के चारों और लपेट लिया। सिर का पिछला हिस्सा दीवार से सटाकर मुँह ऊपर किए वह कुछ देर निश्चिन्त भाव से आँखें मूँदे बैठी रही। लाउड स्पीकर पर हल्की सुरीली आवाज आ रही थी...''मेरे गोबिन्द अपना नाम दियो...।''

वह तीन साल की ही तो थी जब ताई जी की चिक-चिक से तंग आकर डैडी जी ने दिल्ली आने का मन बनाया था। खेत, ट्रेक्टर, कूलर सब था पर माँ के लिए चैन नहीं था। डैडी जी भी चाहते थे कि पटियाले की पढ़ी-लिखी लड़की होशियारपुर की भैंसों और खेतों को पानी पिलाने में ही न खप जाए इसलिए उन्होंने अपना तबादला दिल्ली करवा लिया। दिल्ली आते ही ऑफिस और मकान देखने के बाद सबसे पहले मम्मी और डैडी जी इसी गुरुद्वारे में आये थे, शुक्राना अदा करने। मम्मी-डैडी नन्हीं सिमरन को समझाने लगे थे, ''सुख वेले शुक्राना, दुख वेले अरदास, हर वेले सिमरन।'' इस बात का पूरा मतलब समझे बिना ही वह खुश हो

गयी थी कि उसके मम्मी जी, डैडी जी हर वेले उसका नाम लेने की बात कर रहे हैं। मम्मी डैडी दिल्ली आकर सचमुच खुश थे और मैं भी। तभी भगवान ने एक साल में ही हमारे घर में एक नया मेहमान भेज दिया। इस नए मेहमान के आने पर भी हम यहीं आए थे मत्था टेकने। फिर गुरुद्वारे में ही उसका नाम रखा गया मनु, मनजोत कौर।

मनजोत कौर के आते ही घर की खुशियों में चार चाँद लग गये। डैडी जी हर रोज शाम को कुछ न कुछ लेकर घर लौटते और फिर रात को खाना खाने के बाद मनजोत कौर को बाबा गाड़ी में लिटाकर हम सब सैर को निकल पड़ते...।

मेरे चौथे जन्मदिन पर मम्मी ने मेरे लिए नया फ्रॉक सिया और डैडी जी नीले रंग का बस्ता लेकर आये थे। अगले दिन पास के स्कूल में जाकर मेरा नाम लिखवाया गया और नीले रंग के बस्ते में ढेर सारी रंग-बिरंगी किताबें आ गयी थीं। मनु और नीले बस्ते ने कितने रंग भर दिए थे मेरी दुनिया में। उस बार गर्मियों की छुट्टियों में हम सब होशियारपुर गये। हमारे ठाठ-बाट देखकर सब हैरान थे। जिन ताई जी से तंग आकर हम दिल्ली आये थे उन्होंने भी मम्मी को गले लगाकर कितना अपनापन दिखाया था। मनजोत कौर को देखकर भी सब खुश थे, ताई जी ने इतना जरूर कहा था 'कौर बड़ी हो गयी, अगली बारी सिंह लेकर आना।' सारा माहौल देखकर लगता था कि हमारे दिल्ली जाने से हम ही नहीं वे सब भी बहुत खुश हैं।

होशियारपुर से विदा लेकर हम फिर से दिल्ली की भागदौड़ भरी जिन्दगी में लौट आये थे। नीले बस्ते के रंग दिनों-दिन बढ़ते जा रहे थे। नयी कविता सुनाने पर मम्मी खूब शाबाशी देती। फिर घर में आने वाले हर नए व्यक्ति के सामने वही कविता दोहराने को कहतीं। उनकी खुशियाँ और मेरी शाबाशियाँ बढ़ती जा रहीं थीं...। पर लोग कह रहे थे कि ऐसा कुछ हुआ है जिस पर ऊपर वाला दोषियों को कभी माफ नहीं करेगा। इसी माहौल में मोहल्ले की सारी आंटियों ने गुरुद्वारे जाकर अरदास की। गुरुद्वारे में ललकार भरी आवाज में सिंह सूरमाओं का आह्वान किया गया। डैडी जी को हालाँकि इन सब बातों से ज्यादा कुछ लेना-देना नहीं था, फिर भी मम्मी के कहने पर उन्होंने भी केसरिया पगड़ी पहनी।

...फिर न जाने रात में या दिन में ऐसा क्या हो गया कि केसरिया पगड़ी वाले अपनी जान बचाकर भागने लगे। पर आफत सिर्फ केसरिया पर ही नहीं तमाम पगड़ियों पर आ चुकी थी। डैडी जी जब अगले दिन ऑफिस जाने के लिए निकले तो मम्मी ने उन्हें रोकने की बहुत कोशिश की। दिन-भर मम्मी हम दोनों बहनों को सीने से सटाकर रोती रहीं...।

और फिर शाम को... डैडी जी नहीं लौटे।

हम पर कोई और आफत न आ जाय इसके लिए मकान मालिक अंकल जी

ने दहशत भरी हिदायत दी थी, "भाभी जी, कुछ भी हो जाए आप दरवाजे की चटखनी मत खोलना। सारी बत्तियाँ बुझा दो और छोटी को खाँसी की दवा पिलाकर सुला दो। ये रोएगी तो लोगों को पता चल जाएगा कि अन्दर कोई है।"

सारी रात चीख-पुकार मची रही।

सुबह को टेलीविजन पर लाशों के ढेर दिखाए जा रहे थे। तस्वीरों के बाद शिनाख्ती के लिए फोन नम्बर दिए जा रहे थे। पगड़ी खुला, केश बिखरा, झुलसाया हुआ हर चेहरा मुझे डैडी जी जैसा लग रहा था। लाशों के पास ही उनके हाथ का सामान बिखरा पड़ा था। माँ की सिसकियाँ नहीं टूट रहीं थीं। मकान मालिक आंटी उन्हें पानी पिलाने की कोशिश कर रही थी और अंकल जी शिनाख्ती के लिए पुलिस स्टेशन गये थे। इस बार शाम को डैडी जी लौटे। खाली हाथ। सरकारी गाड़ी में। सफेद कपड़े में लिपटे हुए। मेरा मन कर रहा था कि मैं कहूँ, "गुड़िया चाहे न लाना, पर पापा जल्दी घर आना..." सुनते ही डैडी जी उठकर मुझे गले से लगा लेंगे । पर वे नहीं उठे और मम्मी बिलखकर उनसे लिपट गयी। नन्हीं-सी मनु को मैंने अपनी गोदी में छुपा लिया।

डैडी जी जा चुके थे, उनके साथ हमारे घर का मुखिया, कमाने वाला इकलौता शख्स, नीले बस्ते और माँ की चुन्नियों के गहरे सारे रंग चले गये। हालात ऐसे नहीं थे कि हम होशियारपुर जा सकते और वहाँ से कोई यहाँ आने वाला भी नहीं था। दुख के उस माहौल में अचानक मकान मालिक अंकल और आंटी बहुत अच्छे हो गये थे। खराब हालात में भी वह कहीं न कहीं से मनु के लिए दूध ले आते। टॉफियाँ देकर मुझे भी खुश करने की कोशिश करते रहते और माँ को हिम्मत न हारने का दिलासा देते।

दिल्ली के हालात सुधरने लगे थे पर हमारे घर के अभी भी वैसे ही थे। मम्मी छोटी को गोद में लिए रोज दफ्तरों के चक्कर काटती। चूड़ियों और गहनों से सुन्दर सी दिखने वाली मम्मी जी अब वैसी सुन्दर नहीं रह गयी थी, एक दिन उन्हें डैडी जी की जगह नौकरी जरूर मिल जाएगी, इसके इन्तजार में एक-एक कर उनके सब गहने बिकने लगे थे।

नौकरी मिलती इससे पहले ही अंकल जी ने बताया कि दिल्ली सरकार विधवाओं के लिए कॉलोनी बना रही है। हमें भी डैडी जी के कागज-पत्तर दिखा कर मकान मिल सकता है।

मम्मी जी की भागदौड़ रंग लायी और उन्हें सरकारी स्कूल में नौकरी मिल गयी। स्कूल सुबह का था, मनजोत अभी छोटी थी, मम्मी मुझे भी पढ़ाना चाहती थी, सब कुछ एक साथ होना मुश्किल हो रहा था। इस बार आंटी जी ने मम्मी की हिम्मत बढ़ाई और कहा, "भैनजी, आप जाओ स्कूल, मैं सँभाल लूँगी छोटी को"

। पर मम्मी और ज्यादा दिन उन पर बोझ नहीं बनना चाहती थी।

'मास्टरों के बीच में अकेली मास्टरनी', सबने मना किया, पर मम्मी ने अर्जी दे ही दी और दोपहर बाद के लड़कों के स्कूल में अपनी ड्यूटी लगवा ली। स्कूल के स्टाफ में मम्मी का आना जवान विधवा के प्रति सहानुभूति से शुरू हुआ, फिर धीरे-धीरे वहाँ से विधवा खत्म होकर सिर्फ जवान रह गया। न चाहते हुए भी मम्मी ने अपने आपको इस माहौल में ढाल ही लिया था।

एक महीने बाद मम्मी को तनख्वाह मिली और उन्होंने डेढ़ साल बाद एक बार फिर से अंकल जी के मकान का किराया दिया। इस एक साल में मम्मी कभी आंटी जी के सूट, कभी परदे, कभी तकियों के कवर सिलकर उनका बोझ कम करने की कोशिश किया करती। मम्मी के अपने सारे सूट पुराने और ढीले हो चुके थे, पर पटियाले की पढ़ी-लिखी लड़की को अब सूटों की नहीं हम दोनों बहनों के भविष्य की चिन्ता थी।

विधवाओं की कॉलोनी में भी मकान मुफ्त मिलने वाले नहीं थे। यह सोचकर मम्मी ने एक-एक पैसा जोड़ना शुरू कर दिया। शाम को मिलने वाले तोहफे, संडे की पिकनिक, रात की सैर डैडी जी के साथ ही चले गये थे। अब मैं उतनी नादान भी नहीं थी कि कुछ न समझ सकूँ। मैं और बड़ी होना चाहती थी ताकि मम्मी की परेशानियों को बाँट सकूँ। पर मम्मी मुझे और मनजोत को खूब पढ़ाना चाहती थीं।

मैं पाँचवीं में हो गयी थी और मनजोत ने भी स्कूल जाना शुरू कर दिया था। हमारे अधूरे परिवार में खुशियाँ सचमुच लौट आयीं, जब विधवाओं की उस कॉलोनी में हमें सस्ता सा मकान मिल गया। मम्मी की पाँच साल की तपस्या रंग लायी। हमने अपने मकान में कदम रखा। कितने सालों बाद हमारे घर की कड़ाही ने पंजीरी की मिठास चखी। घर में सामान के नाम पर सब कुछ पुराना हो चुका था, कुछ नया लेकर दिखाना भी किसे था, इस नयी कॉलोनी में सब हमारी ही बिरादरी के परिवार थे। सफेद चुन्नियों वाली मम्मी और बिना डैडी जी वाले परिवार।

हर साल एक दिन ऐसा भी आता, जब सारी सफेद चुन्नियों वाली मम्मियाँ कॉलोनी के बीचों-बीच बने स्मारक पर मोमबत्तियाँ जलातीं और ऊपर वाले से गुनाहगारों को कभी न बख्शने की अपील करतीं। जिन्दगी धीरे-धीरे ढर्रे पर लौटने लगी थी। मनजोत पढ़ने में मुझसे भी ज्यादा होशियार हो गयी थी। दोनों बहनों के पास होने पर मम्मी हम दोनों बहनों को यहीं बँगला साहिब गुरुद्वारे में मत्था टिकवाने लाती। लंगर के बाद सरोवर किनारे बैठकर छोटी-छोटी मछलियाँ देखना हमारे बचपन में रोमांच भर देता। फिर मम्मी खुश होकर हम दोनों बहनों को लोहे के नये कड़े दिलवाती।

हमारी खुशियों में अब पटियाले और होशियारपुर के रिश्तेदार भी कभी-

कभी शामिल हो जाया करते। फिर मम्मी को याद दिलाते कि अच्छा होता अगर मनजोत की जगह मेरा छोटा बीर आया होता, कम से कम घर में एक मर्द तो होता। आगे बच्चियों की शादियाँ भी करनी हैं। और फिर आखिर वक्त में... मम्मी आस भरी नजरों से हम दोनों बहनों की तरफ देखती और हमें सीने से लगा लेती। उस वक्त मम्मी की साँसों में सरोवर की शान्ति महसूस होती।

बारहवीं के बाद नजदीक के कॉलेज में ही मैंने दाखिला ले लिया। मम्मी की मेहनत ने दिन फेर लिये थे। घर का एक-एक सामान मम्मी ने अलग-अलग बाजारों से खूब मोल भाव के बाद खरीदा था। घर के कोने-कोने में मम्मी की हर महीने की कोई न कोई बचत दिखाई देती। यही हाल हम दोनों बहनों की अलमारी का था। सिर की पिन से लेकर पाँव की चप्पल तक सब पर मम्मी की मुहर। कोई हमें विधवा की बेटियाँ कहकर सहानुभूति दिखाए ये मम्मी को बिल्कुल पसन्द नहीं था। इसलिए हमारा स्टैंडर्ड अब अक्सर दूसरों से अच्छा ही हुआ करता था।

उस साल होशियारपुर गये थे ताई जी की बेटी की शादी में। तब बारातियों में से एक था सिमरत सिंह। शादी में खूब मजा अ।या। पहले पहल खुशी इस बात की हुई कि हम दोनों का नाम लगभग एक जैसा था। बैंगलोर में इंजीनियरिंग कर रहा था सिमरत। टेलीफोन नम्बर माँगा तो मुझसे इनकार न हुआ। और दिल्ली लौटते ही घर पर उसके फोन आने शुरू हो गये। मुझे लगने लगा कि अब मैं सचमुच बड़ी हो गयी हूँ। कॉलेज की सहेलियों के साथ मिलकर सिमरत के लिए आए दिन कोई न कोई कार्ड खरीदने का बहाना ढूँढ़ती।

मैंने मम्मी को इतनी मेहनत और हम दोनों बहनों से इतना प्यार करते देखा था कि उनकी जगह कोई और ले ही नहीं सकता था। मम्मी का विश्वास तोड़ने का तो सवाल ही नहीं उठता था, इसलिए मैंने हिम्मत करके सिमरत के बारे में मम्मी को बताया। इस बार जब उसका फोन आया तो मम्मी ने भी सिमरत से बात की और दोनों को पहले अपनी पढ़ाई पूरी करने की सलाह दी, फिर आशीर्वाद दिया कि हम दोनों हमेशा खुश रहें।

अंकल जी के समझाने के बाद से आज तक हम रात को दरवाजे की चटखनी अच्छी तरह बन्द करके ही सोते थे, पर मुसीबतें न जाने किस खिड़की से हमारे घर का रास्ता ढूँढ़ ही लेती।

आधी रात को अचानक मम्मी की तबियत बहुत खराब हो गयी। रात को ही अंकल जी को फोन किया और एम्बुलेंस में डालकर मम्मी को हॉस्पिटल लेकर गये। डॉक्टर ने बताया मम्मी का बीपी बहुत बढ़ गया है उन्हें आराम की सख्त जरूरत है। लेकिन उससे भी बड़ी बात यह थी कि मम्मी को कैंसर हो गया था।

मेरे पाँव तले से जमीन खिसक गयी। अभी-अभी तो हमने खुश होना शुरू

किया था। कैंसर की आखिरी स्टेज थी, मम्मी हमारे पास छह महीने से ज्यादा की मेहमान नहीं थी। डॉक्टर उन्हें हॉस्पिटल में रखकर कुछ और टेस्ट करवाना चाहते थे पर मम्मी घर लौटना चाहती थी। वे इन छह महीनों में भी स्कूल जाकर हम दोनों बहनों के लिए कुछ और पैसा छोड़ जाना चाहती थीं। अब मम्मी एक दिन में कई दिनों का काम निपटाने की जल्दी में रहती। बैंक की पास बुक, मकान के कागज, घर में रखी नकदी सबके बारे में मम्मी मुझे कई-कई बार समझाने लगी थी। और मनजोत के बारे में भी। मनजोत और इस घर को लेकर मैं मम्मी की पहली और आखिर आस थी। मम्मी ने खास हिदायत दी कि हम मम्मी की बीमारी के बारे में किसी को कुछ न बताएँ, होशियारपुर वालों को तो बिल्कुल भी नहीं।

सबकुछ जानते हुए भी मैं मम्मी को दोनों वक्त टाइम पर दवा खिलाती और सोचती एक-एक गोली अगर एक-एक दिन भी बढ़ा दे तो बहुत है। मम्मी मेरा अठारहवाँ जन्मदिन धूमधाम से मनाना चाहती थी। मम्मी ने मेरे लिए सोने की दो चूड़ियाँ बनवायीं और मनजोत के लिए बालियाँ। शायद मनजोत के जन्मदिन तक मम्मी ठहर नहीं सकती थी। मेरी और मनजोत की सब सहेलियों और दोस्तों को मम्मी ने घर पर बुलाया। केक कटवाया और अपने हाथ से खाना बनाकर सबको खिलाया। यह मेरी जिन्दगी का सबसे यादगार जन्मदिन था। सिमरत का फोन आया और मम्मी ने हम दोनों को एक बार फिर से आशीर्वाद दिया। मम्मी को सिमरत पसन्द है इसकी घोषणा मम्मी ने मेरी सारी सहेलियों के सामने की। अगले दिन जब कॉलेज लौटी तो सभी ने कहा, भगवान ऐसी मम्मी सभी को दे। इस बार मुझसे रहा नहीं गया और मैंने अपनी सहेलियों को मम्मी की बीमारी के बारे में बता दिया। पहली बार मैंने मम्मी का विश्वास तोड़कर घर की कोई बात बाहर वालों को बतायी थी।

शायद इसी की सजा मुझे मिली और मम्मी पाँचवें महीने में ही जबरदस्त बीमार हो गयी। अब मम्मी ने खुद ही अंकल जी, आंटी जी, होशियारपुर और पटियाले वालों को फोन करने को कहा। अगले ही दिन हमारे छोटे से घर में दोस्तों और रिश्तेदारों का हुजूम उमड़ पड़ा। और इसी हुजूम के बीच मम्मी मनजोत का हाथ मेरे हाथ में थमा कर चुप हो गयी। इस घर के कोने-कोने से जिसने डैडी जी का खालीपन दूर किया था, आज वो भी इस घर से हमेशा के लिए दूर चली गयी।

इतनी भीड़ के बीच हम दोनों बहनें बिल्कुल अकेली हो गयीं। ऐसा लग रहा था जैसे किसी ने हमारे जिस्म से कपड़े उतार कर हमें नंगा कर दिया हो। हमारे पाँव की जमीन, सिर के ऊपर का आसमान सब एक ही झटके में उजड़ गया।

संस्कार से लौटते ही लोगों ने पूछा, "अब आगे क्या करना है?" आगे क्या करना है, मुझे लगा जैसे किसी ने एनेस्थीसिया दे दिया हो और मैं बेहोश हो गयी।

होश आया तो मैं बिस्तर पर थी और मनजोत मेरे सिराहने बैठी मेरे होश में आने का इन्तजार कर रही थी। तब तक ये फैसला हो चुका था कि मामी जी का कोई रिश्तेदार है इंग्लैंड में। उम्र थोड़ी ज्यादा है पर खाता-कमाता अच्छा है। इतना बड़ा घर है फिर भी मामी जी उसे राजी कर ही लेंगी मुझसे शादी करने के लिए। वे लोग कुछ नहीं माँगेंगे पर शादी के लिए खर्चा तो चाहिए ही न, इसके लिए अंकल जी को कहा गया कोई अच्छा सा ग्राहक बुलाकर मकान का सौदा करवाने के लिए। और मनजोत... मनजोत को अमृतसर हॉस्टल में डाल देंगे। अच्छा हॉस्टल है, पढ़ाई भी करेगी और रहेगी भी। जब मैं इंगलैंड में सेटल हो जाऊँगी तो मैं भी उसे वहीं बुला लूँगी नहीं तो होशियारपुर तो है ही। कभी-कभी छुट्टियों में वहाँ चली जाया करेगी।

मेरी नन्हीं सी मनजोत, मनु जिसका हाथ मम्मी मेरे हाथ में सौंप कर गयी है वो ऐसे दर-दर की ठोकरें खाएगी और हमारी मम्मी की आखिरी निशानी ये घर, इसके भी सौदे की तैयारी... मैंने साफ इनकार कर दिया... कुछ भी हो जाए मेरी बहन सिर्फ मेरे पास रहेगी और अपने जीते जी हम दोनों बहनें अपनी मम्मी जी की आखिर निशानी को बिकने नहीं देंगे।

सभी को अपने-अपने घर में जरूरी काम थे, सो हमें सोचने के लिए कहकर वे सभी अपने-अपने घर चले गये। जाते-जाते कह गये बड़ी निर्भाग हैं दोनों। पहले डैडी, फिर मम्मी और ऊपर वाले ने एक बीर दिया होता तो सँभाल लेता दोनों को।

ऊपर वाले ने शायद अंकल जी और आंटी जी को हमारे लिए ही बनाया था। हमारे सिर पर उन्हीं दोनों का हाथ था पर कितनी देर तक। अंकल जी और मम्मी के स्कूल से आए कुछ लोगों ने समझाया कि मैं मम्मी की जगह नौकरी के लिए कोशिश करूँ। पर अभी तो मेरा ग्रेजुएशन का दूसरा ही साल था। पर घर में जो तूफान आया था, उसके देखे मेरा पढ़ाई का मसला बहुत छोटा था।

मनजोत ने फोन करके सिमरत को सब कुछ बता दिया। वो बिचारा भी क्या करता, पढ़ाई कर रहा था, जब तक घर से पैसे नहीं मिल जाते तब तक ट्रेन की टिकट भी नहीं करवा सकता था और फिर बैंगलोर से दिल्ली पहुँचने में भी तो वक्त लगता।

सिमरत से पहले ही मामी जी अपने उस रिश्तेदार की तस्वीर और उसकी माँ को लेकर हमारे घर पहुँच गयी। मामी जी फूली नहीं समा रही थीं यह बताते हुए कि वो मुझे चुन्नी चढ़ाने आयी हैं। मेरा दिमाग घूमने लगा, मामी जी के साथ आयी उस औरत ने मिठाई के डिब्बे के ऊपर कुछ पैसे रखकर मेरे हाथ में पकड़ा दिये। मेरा वश चलता तो यही डिब्बा उठाकर उसके सिर में दे मारती और दोनों को घर से बाहर निकाल देती। पर अनाथ बच्चियाँ किसके सहारे नाराजगी दिखाएँ। मकान का सौदा

अभी पटा नहीं था, इसलिए दोनों अगले महीने आने की बात कहकर चली गयी। अब मुझसे रहा नहीं गया। मैंने सिमरत को फोन करके जल्द से जल्द कोई फैसला लेने को कहा।

सिमरत ने सिर्फ इतना कहा कि कुछ भी हो जाए तुम दोनों बहनें एक साथ रहना और अपना घर छोड़कर कहीं नहीं जाना। मैं अपने हाथ मजबूत करना चाहती थी। इसलिए नौकरी के लिए कोशिश करना शुरू कर दिया।

एक हफ्ते बाद सिमरत सिंह हमारे घर पर था। उसके पहली बार गले लगकर मैं खूब रोई। एक महीने के बचाए हुए आँसू सब उसी पर उड़ेल दिये। मैं और मनजोत दोनों के लिए सिमरत आखिरी सहारा था। तब तक मामी जी का फोन आ गया। इंग्लैंड वाला लड़का परसों आ रहा है रिंग सेरेमनी के लिए। सिमरत ने फैसला किया। हम कल ही शादी कर लेंगे। मैंने अपनी सहेलियों को साथ लिया और सब हिम्मत करके अगले दिन सुबह-सुबह आर्य समाज मन्दिर पहुँच गये। न चूड़ा, न चुन्नी शादी क्या की, ऐसा लगा कोई जंग लड़ी है, बॉन्ड साईन किया, तस्वीर खिंचवाई और अपने घर लौट आये।

सिमरत ने आज की रात गुरुद्वारे में ही बितायी। ज्यादा पैसे न उसके पास थे, न मेरे। पढ़ाई भी अभी हम दोनों की अधूरी थी। अगली सुबह मामी जी के आने से पहले ही मैं कॉलेज के लिए निकल आयी। एजुकेशन के दफ्तर जाकर नौकरी की अर्जी कहाँ तक पहुँची इसका भी पता करना था। सिमरत भी इस शहर में नया-नया था उसका भी ख्याल मुझे ही रखना था। सहेलियों ने इस दौरान बहुत साथ दिया। शादी के बाद पहले दिन, पहली बार हम दोनों ने एक साथ इसी गुरुद्वारे में मत्था टेका। सरोवर किनारे बैठकर एक-दूसरे का हाल-चाल पूछा। सिमरत ने शादी के तोहफे के तौर पर मेरे लिए ग्रीटिंग कार्ड खरीदा था। सिमरत ने फैसला किया कि अब वह बैंगलोर वापस नहीं जाएगा और यहीं रहकर कोई नौकरी करेगा।

देर शाम घर लौटी तो मामी जी का चेहरा तमतमाया हुआ था। इंग्लैंड वाला लड़का तीन-चार घंटे इन्तजार करने के बाद अपने किसी रिश्तेदार के यहाँ चला गया था। मामी जी और वो लड़का शादी के लिए कमर कसकर आये थे। अब बचना मुश्किल लग रहा था। मैंने बैंक की पासबुक, घर के कागजात इकट्ठे किये और अगली सुबह फिर कॉलेज के लिए निकल गयी। मनजोत ने घर पर रहना ठीक समझा। जब तक हम दोनों को कोई अच्छी नौकरी नहीं मिल जाती। मामी जी के रहते घर में क्या-क्या हो रहा है यह बताने वाला भी तो कोई होना चाहिए था। यह सोचकर मैं भी मान गयी।

उस रात से मेरा ठिकाना भी गुरुद्वारा ही था। मेरे घर न लौटने पर सबसे पहले शक सहेलियों पर ही जाएगा, यह सोचकर किसी के घर ठहरने की बजाए मैंने भी

गुरुद्वारे में ही रहना ठीक समझा और सिमरत तो वहाँ था ही। शादी के बाद भी बस एक दूरी थी, तीन रातें उसने मर्दाना हॉल में और मैंने जनाना हॉल में बिताईं। तब तक मैंने किराए का एक कमरा ढूँढ़ लिया था।

घर पर फोन किया तो पता चला कि मामी जी ने ताई जी को भी होशियारपुर से यहाँ बुला लिया है और छातियाँ पीटी जा रही हैं कि माँ की आग ठंडी भी नहीं हुई थी और लड़की घर से भाग गयी। दोनों ने मिलकर पूरे घर की तलाशी ली, जब कुछ नहीं मिला तो बैंक का खाता सील करवाने की भी कोशिश की। मैं तो चली, पर मेरी नन्हीं मनू उन के ताने सुनने के लिए अकेली रह गयी थी। अब वे एक पल के लिए भी मनजोत को चैन से नहीं बैठने देती थीं।

किसी तरह उन्होंने हमारे ठिकाने का पता लगा ही लिया। ताई जी क्योंकि सिमरत के घरवालों को जानती थीं इसलिए उन्होंने उन्हें भी फोन करके दिल्ली बुलवा लिया। सबने मिलकर हमारे नए घरौंदे पर डेरा डाल दिया। चारों तरफ से गालियाँ पड़ रहीं थीं। सभी हम दोनों को अलग करना चाहते थे पर हम तो शादी कर चुके थे। इस पर मामी जी ने कहा भी, ''दो चार दिन ही तो साथ रहे हो, फिर क्या हो गया, हम किसी को नहीं बताएँगे चलो बड़ों के आगे माफी माँग लो।'' अपने मम्मी जी-डैडी जी को देखकर सिमरत पिघल गया। घंटो रोता रहा पर हिम्मत नहीं हारी। मैंने जब पुलिस को बुलाने की धमकी दी, तब जाकर सब वहाँ से उठे। जाते-जाते सिमरत की मम्मी जी कह ही गये, ''जादूगरनी है, मेरे भोले-भाले बेटे पर जादू कर दिया है।''

इस बार मामी जी और ताई जी घर से निकले तो मनजोत भी घर को ताला मारकर वहाँ से भाग खड़ी हुई। बड़ा ढूँढ़ा तब पता चला कि वो अपनी एक सहेली के घर पर है। अब हर रोज कोई न कोई हमें समझाने हमारे घर आ धमकता। यह सब देखकर पड़ोसियों ने भी हमें शक की निगाह से देखना शुरू कर दिया है। मैंने नए मकान की तलाश शुरू कर दी। मनजोत को बुलाया और सिमरत के साथ जो भी थोड़ा सा सामान था चुपके से नए मकान में चले गये। मकान मालिक को जो तीन महीने का एडवांस दिया था उस पर भी बात नहीं की।

मनजोत के घर को ताला मारने के बाद से ही मामी जी ने पटियाले की और ताई जी ने होशियारपुर की गाड़ी पकड़ ली। सिमरत के मम्मी जी-डैडी जी भी थक हारकर अपने घर लौट गये।

खुशियाँ कितनी देर हमसे रूठी रहतीं। सिमरत को गाड़ियों पर बार-कोडिंग करने वाली एक कम्पनी में नौकरी मिल गयी थी और अच्छा यह हुआ कि कुछ दिनों बाद मेरी भी नौकरी का लेटर आ गया। अब हमें किसी का डर नहीं था, हम अपने घर लौटे, अपने असली घर, मम्मी जी की आखिर निशानी के पास। आज रविवार

था मनजोत ने मेरे हाथों में लाल चूड़ा चढ़ाया और हम चल पड़े बँगला साहिब गुरुद्वारे शुक्राना अदा करने। हमारी जिन्दगी में लाली लौट आयी थी। शादी के कई महीनों बाद मैं और सिमरत पहली बार एक बिस्तर पर आये।

जिन्दगी ने सब कुछ दिया, सुख भी और दुख भी। मनजोत डॉक्टर बन गयी। सिमरत ने बड़ी सादगी से अपने एक इंजीनियर दोस्त से उसकी शादी करवायी। मेरी और सिमरत की नन्हीं कंवल कौर भी अब स्कूल जाने लगी है। सबसे ज्यादा खुशी की बात यह कि माँ की निशानी अब भी सलामत है...।

वक्त काफी बीत चुका था। सिमरन ने पर्स उठाया, सरोवर की परिक्रमा की और मत्था टेककर घर के लिए निकल पड़ी। घर पहुँची तो देखा कॉलोनी के स्मारक पर लोगों का हुजूम उमड़ा हुआ है। इसी मोहल्ले की मम्मी की कुछ पुरानी सहेलियाँ आज फिर से छाती पीट-पीटकर हाय-हाय के नारे लगा रहीं हैं और कह रहीं हैं कि ऊपर वाले गुनाहगारों को कभी बख्शेगा नहीं। एक अखबार जो सब पढ़ रहे हैं उस पर छपा है "84 के दंगों में दो और को क्लीन चिट।"

बोनसाई

सुबह से ही घर में गहमागहमी मची थी। दादा जी ने अखबार पढ़ते-पढ़ते अधूरा ही छोड़ दिया था। जबकि इससे पहले वह अखबार के देरी से आने के कारण झल्ला रहे थे। ये बात और है कि अखबार वाले सहित घर के सभी सदस्यों के मुताबिक आज भी अखबार अपने समय पर ही आया था।

पापा भी ऑफिस जाने की तैयारी में जरूरी हिदायतें देते हुए बार-बार कह रहे थे, 'कोई जरूरत पड़े तो मेरे मोबाइल पर फोन कर लेना।'

दादी माँ पूजा घर में बैठी अपने लाडले के लिए एक और मन्नत माँग रही हैं। हालाँकि उनका ध्यान पूजाघर में कम और पूजाघर से बाहर ज्यादा लग रहा है।

मम्मी नाश्ते में कुछ स्पेशल, अंकित की पसन्द का बना रहीं हैं...।

अंकित इस घर का लाडला बच्चा है और यह गहमागहमी उसके एडमिशन की तैयारी की है।

अंकित का एडमिशन शहर के जाने-माने स्कूल में होने वाला है। इस बात पर सभी गौरवान्वित हैं। तीन महीने पहले एनरोलमेंट फॉर्म भरवा लिया गया था और मम्मी-पापा भी इंटरव्यू में पास हो चुके थे।

कुल मिलाकर अत्याधुनिक शिक्षा प्रणाली के मॉर्डनाइज स्कूलों में आजमाए जाने वाले तमाम चोंचले निभाए जा चुके थे।

आज अंकित की बारी है।

अंकित के पिता के जन्म लेने के 28 साल बाद दादा जी का वात्सल्य जिस पर बरसा, वह अंकित ही था। जाहिर है पोते का एडमिशन वे अपनी तसल्ली हुए बिना नहीं करने देते।

अंकित पूरी तरह तैयार था। नाश्ते में उसने ढेर सारी मैगी खायी। और जब दूध पीने की बारी आयी तो उसने कह दिया, 'मम्मा...दूध पीने से... पेट में दद (दर्द) होता है...'

अंकित की कालर वाली शर्ट और छोटा सा निक्कर जो घुटनों से भी नीचे आ

रहा था, देखकर मम्मी को उस पर और भी लाड़ आ गया। इसी लाड़ में मम्मी उसे दूध न पीने पर अभयदान दे बैठीं।

दादा जी की अँगुली पकड़कर अंकित स्कूल के लिए निकल पड़ा। रवाना होने से पहले मम्मी और दादी ने उसके दोनों गालों पर मीठी-सी किस्सी दी।

शानदार स्कूल के लग्जीरियस रिसेप्शन पर थोड़ा इन्तजार करने के बाद अंकित का नम्बर आया।

अब तक स्कूल के कर्मचारियों का सहयोगपूर्ण रवैया देख दादा जी 50 प्रतिशत तक मुग्ध हो चुके थे। शेष 50 प्रतिशत अभी बाकी था...

दादा जी अंकित के साथ प्रिंसिपल के कमरे में दाखिल हुए।

खूबसूरत, आकर्षक सी दिखने वाली प्रिंसिपल ने जब उन्हें अभिवादनपूर्वक बैठने के लिए कहा तो दादा जी और मुग्ध हो गये। स्कूल के रिपोर्टकार्ड में उन्होंने 30 प्रतिशत नम्बर और दे दिये।

शेष बचा 20 प्रतिशत...

प्रिंसिपल ने अंकित को चॉकलेट दी तो अंकित ने 'थैंक... यू...' कहकर गुड मैनर का प्रदर्शन किया।

अभी औपचारिक बातें हो ही रही थीं कि दादा जी की नजर अचानक प्रिंसिपल के कमरे में रखे पौधों के गमलों पर पड़ी।

सबकी कमर ऐंठी हुई सी मालूम होती थी, जिसके कारण एक भी पौधा अपनी ऊँचाई पर खड़ा नहीं हो पा रहा था।

दादा जी से रहा नहीं गया और पूछ बैठे, "एक्सक्यूज मी मैडम, क्या मैं पूछ सकता हूँ कि यह कौन सा पौधा है?"

"यस ऑफकोर्स! यह पीपल का पौधा है।"

"पीपल का? और वह?"

" वह नीम का है।"

"यह विलायत वाले भी आजकल न जाने कैसे-कैसे नीम बना लेते हैं। वरना हमारे यहाँ तो नीम की छाँव का ही कोई मुकाबला नहीं। और उसकी मीठी निंबोलियाँ जैसे सावन में झूला झूलने वालों के लिए मिठाई..."

"नहीं सर, यह विलायती नहीं, हमारे ही देश का नीम है—वही जिसकी आप बात कर रहे हैं।"

"और उसके साथ वाला?"

"वो गुलाब का पौधा है।"

"इससे पहले कि आप पूछें मैं खुद ही बता देती हूँ कि वह चौथा पौधा अमरूद का है।"

“लेकिन ये सभी तो खुले आँगन या बाग में लगने वाले पौधे हैं। गमलों में इनकी बढ़वार मारी जाएगी। देखिए न इन गमलों में इन्हें खाद-पानी भी पूरा नहीं मिल पा रहा।” दादा जी ने बिनमाँगा सुझाव दिया।

“ओह् सर! आप शायद जानते नहीं। यह उनकी बोनसाई है।

इन्हें बड़ा नहीं होने दिया जाता।

देखिए न, आज साइंस ने कितनी तरक्की कर ली है। अब यह पौधे भी गमलों में उग सकते हैं। आप जहाँ चाहें इन्हें 'इज़ीली' सजा सकते हैं।”

दादा जी को प्रिंसीपल के इस साइंसगान पर गुस्सा आ गया।

जो स्कूल एक पौधे को बढ़ने नहीं दे रहा। उसके विकृत और बौने रूप को ही विज्ञान की तरक्की मान रहा है, वह बच्चों को भला क्या बनाएगा?

एक बोनसाई?

प्रिंसिपल से क्षमा माँगते हुए उन्होंने कमरे से बाहर का रुख कर लिया।

ग्रह टल गये

घर की हर रोज की चिक-चिक और पति की बीमारी से निराश जब सविता दफ्तर पहुँची तो उसके चेहरे से परेशानी साफ झलक रही थी।

सविता का परेशान चेहरा देखकर उसकी सहकर्मी अनिता ने पूछा, ''क्या बात है बड़ी परेशान लग रही हो? कोई टेंशन है क्या?''

''नहीं, कुछ नहीं बस ऐसे ही।'' सविता ने बात टालने की कोशिश की।

तब तक एक और सहकर्मी ने कटाक्ष किया, ''अरे नहीं, नहीं आज सविता मैडम ने मेकअप थोड़ा कम किया है।''

''सिंह साहब आप कभी तो सीरियस हो जाया कीजिए। देखते नहीं सविता कितनी टेंशन में है!''

अनिता ने इतना कहा ही था कि सविता की आँखों से आँसू छलक पड़े।

''आई एम सॉरी, मेरा वो मतलब नहीं था। मैं तो बस यूँ ही मजाक में...'' सिंह साहब ने सफाई दी।

दफ्तर का काम निपटा कर जब दोनों सहेलियाँ लंच टाइम में बैठी तो अनिता ने अपना टिफिन ऑफर करते हुए फिर से सविता का दिल टटोलना चाहा। सविता के फड़फड़ाते होंठ बता रहे थे कि इस बार अनिता अपने प्रयास में सफल होने वाली है। धीरे-धीरे सविता ने बोलना शुरू किया, ''क्या बताऊँ अनिता मैडम, मैं तो अपनी जिन्दगी से तंग आ गयी हूँ।'' कहते-कहते सविता का गला रुँधने लगा।

अनिता ने पर्स से अपना रूमाल निकाला और सविता को पकड़ाते हुए कहा, ''परेशान क्यों होती हो? छोटी-मोटी परेशानियाँ तो हर जगह चलती रहती हैं। अगर कोई टेंशन वाली बात हैं तो मुझसे कहो, मैं तुम्हारी बड़ी बहन जैसी हूँ।''

बड़ी बहन की सांत्वना पर इस बार सविता ने सब कुछ उगल डाला। और वह अनिता के लिए मैडम की बजाए दीदी सम्बोधन इस्तेमाल करने लगी।

''क्या बताऊँ अनिता दीदी, घर में हर रोज किसी न किसी बात को लेकर टेंशन चलती रहती है। इन टेंशनों की भी मैं परवाह नहीं करती, पर अब मसला

इनकी सेहत का है। पिछले महीने भी इनके पेट में बहुत जोर का दर्द उठा। और परसों रात फिर से वही सब हुआ। ये रात-भर तड़पते रहे। किसी तरह पड़ोस के ऑटो वाले भैया को जगाया और इन्हें हॉस्पिटल पहुँचाया। इनके दर्द को कम करने के लिए डॉक्टर को छह इंजेक्शन लगाने पड़े।''

''डॉक्टर ने क्या कहा? क्यों उठा था दर्द?''

''पता नहीं। अब तक तो कुछ नहीं कहा। कुछ टेस्ट बताए हैं। कभी कहते हैं अपेंडिक्स का दर्द हो सकता है। कभी कहते हैं पथरी भी हो सकती है।''

''घबराओ मत। हिम्मत रखो। सब ठीक हो जाएगा। बस तुम जल्दी से शर्मा जी के लिए जो, जो टेस्ट बताए हैं वे सभी टेस्ट करवाओ।''

''टेस्ट तो करवा लिए हैं। बस उनकी रिपोर्ट लानी बाकी है।''

''कब मिलेगी रिपोर्ट?''

''आज शाम को ही मिल जाएगी।''

''तो ऐसा करो तुम जल्दी निकल जाना। तुम्हारा काम मैं सँभाल लूँगी।''

''नहीं अनिता दीदी। यहाँ कौन सा कम टेंशन है। देखा नहीं उस सरदार ने आज सुबह भी कैसे कमेंट किया था।''

सविता को लगा कि अगर 'सिंह' उच्चारित किया तो ख्वामखाह 'साहब' लगाना पड़ेगा। इसलिए 'सरदार' ही ठीक है।

''उनके कमेंट्स पर जाती रहीं तो चैन से दो दिन भी नहीं जी पाओगी। घर में कौन है जो तुम्हारे लिए डॉक्टरों के चक्कर काटता फिरेगा। तुम सोचती हो कि शर्मा साहब खुद चलें जाएँगे, तो भूल जाओ। इन मर्दों को लगता है कि उन्हें भला-चंगा रखना भी हमारी जिम्मेदारी है।''

''वो बात तो आपकी ठीक है। क्यों न हाफ डे ले लूँ?''

''तुम्हारा भी दिमाग चलना बन्द हो गया है। जब एक घंटा जल्दी निकल कर काम हो रहा है तो जरूरी है आधे दिन की सेलेरी कटवाना।''

बात सविता की समझ में आ गयी। ''आप ठीक कहती हैं... यही ठीक रहेगा। आखिर बुरे वक्त में ये पैसा ही काम आता है। और फिर कौन-सी हराम की कमाई है। दिन-भर मेहनत करते हैं तब जाकर चार पैसे हाथ आते हैं।''

अनिता के सुझाव पर सविता ने अपना जितना निबट सकता था काम निबटाया। तय समय से एक घंटा पहले निकल कर सीधे लैब से रिपोर्ट ली और डॉक्टर को दिखायी। रिपोर्ट देखकर सविता खुश हो गयी।

अगली सुबह दफ्तर पहुँचते ही सविता ने सबसे पहले यह खुशखबरी अनिता मैडम को सुनायी, जिन्हें अब वह अनिता दीदी कहने लगी थी, ''अनिता दीदी, शुक्र है भगवान का। सारी रिपोर्ट्स नॉर्मल आयी हैं। मैं तो यूँ ही परेशान हो गयी थी।''

"चलो अच्छा है। एक टेंशन तो खत्म हुई। शर्मा जी को बताया? क्या बोले वे?"

"वो क्या बोलेंगे? बस, कहने लगे मैं तो पहले से ही ठीक हूँ, तुम आजकल मसाला कुछ तेज डालने लगी हो..."

"ये सारे मर्द ऐसे ही होते हैं। इनकी बातों की परवाह मत किया करो। इन्हें लगता है हम ही गलत हैं। मान लिया भई हम ही गलत हैं, बस आप खुश हो जाओ।"

रिपोर्ट्स नॉर्मल आने पर सविता का पिछला दिन जितनी खुशी से बीता, आज का दिन उतना ही बोझिल था। सविता का मुरझाया चेहरा देखकर अनिता ने परेशान होते हुए कहा, "क्या बात है सविता, आज बड़ी उदास लग रही हो? तबीयत तो ठीक है न?"

"क्या बताऊँ अनिता दीदी, फिर वही परेशानी। कल रात फिर वे दर्द से कराहते रहे। उनके साथ हॉस्पिटल में रात जाग कर बितायी है। आज सुबह हॉस्पिटल से छुट्टी मिली, तब ऑफिस आना हो पाया..."

"फिर से... पर क्यों? तुम तो कह रही थी कि सारी रिपोर्ट्स नॉर्मल आयी हैं।"

"हाँ वही तो, मेरी भी समझ में नहीं आ रहा। आखिर उन्हें ऐसी क्या बीमारी है जो डॉक्टर ढूँढ़ ही नहीं पा रहे!"

"तुम शान्ति रखो, परेशान होने से कुछ बात बनती तो हम सब न परेशान हो जाते! मेरी बात ध्यान से सुन। शर्मा जी का टिपड़ा तो बना होगा न, जन्मकुंडली। एक बार किसी अच्छे पंडित को दिखा लेते हैं। कई बार ग्रहों का भी चक्कर होता है।"

"टिपड़ा तो है, पर मेरी सास उसे अपनी अलमारी में रखती है। मागूँगी तो भी शायद न दे।"

"नहीं देती तो जाने दें एक तरफ। तुझे शर्मा की जन्मतिथि, समय और स्थान तो याद है न? उसी से काम बन जाएगा।"

"हाँ वो तो सब याद है। पर क्या इतना काफी है?"

"हाँ काफी है। मेरी जान–पहचान के एक पंडित जी हैं। कल शनिवार है और परसों इतवार। ये दिन ठीक नहीं होते। सोमवार को चलेंगे। ठीक है।"

सोमवार को काम जल्दी–जल्दी निपटाकर सूरज ढलने से पहले दोनों सहेलियाँ पंडित के पास पहुँचीं। पंडित ने सविता की दी हुई जानकारी के हिसाब से पहले काम चलाऊ जन्मकुंडली बनायी फिर उसका समाधान निकाला। सबका सार संक्षेप यह था कि शर्मा जी की कुंडली में राहु और शनि का जबरदस्त घमासान चल रहा है। बतौर समाधान शुक्रवार को श्री और श्रीमती शर्मा का हाथ लगवाकर सफेद चीज मन्दिर में चढ़ानी होगी और शनिवार के लिए एक लम्बी लिस्ट सविता के हाथ में

थमा दी गयी थी।

मंगलवार को दिनभर दोनों सहेलियाँ इसी विषय पर चर्चा करती रहीं कि शनिवार वाली बला को किसके सिर लादा जाए?

''बाकी सबतो मैं कर लूँगी, लेकिन ये जो जातिवाला मसला है, ये नहीं समझ आ रहा। अगर किसी पंडितानी को देने को कहा होता तो मैं शहर भर में किसी को भी दे देती। पर अब ये... कहाँ से ढूँढू कोई शेड्यूल कास्ट औरत?''

''तुम्हारी गली में जमादारनी तो आती होगी, उसे दे देना।''

''उसे..., वो सबसे बड़ी अफसर है। ग्रहण का सामान दो, तो भी कहती है पैसे दे दो, ये चावल दाल का मैं क्या करूँगी। हम बासमती खाते हैं। आजकल इन लोगों के भी तो भाव चढ़ गये हैं।''

''हाँ याद आया, अपने ऑफिस का स्वीपर भी तो है। ये भी तो शेड्यूल कास्ट है। इसकी बीवी को दे देते हैं।''

''अनिता दीदी आप ही पूछ कर देख लो। पता नहीं लेगा भी कि नहीं।

और जमाना भी तो ठीक नहीं है, लोग बहम करने लगते हैं। सोचते हैं पता नहीं क्यों दे रहे हैं? वरना 'ये लोग', 'ये चीजें' नहीं लेंगे तो कौन लेगा?''

''हअ..., नहीं लेगा तो न ले, किसी और को दे देंगे। हमारा क्या है... एक बार पूछने में क्या हर्ज है।''

शाम को घर निकलने से पहले अनिता मैडम ने बड़े कूटनीतिक तरीके से काम लेते हुए पहले स्वीपर सुभाष को चाय पिलाने के लिए कहते हुए एक कप खुद के लिए भी ले आने को कहा। फिर जब वह चाय ले आया तो घर-परिवार, बाल-बच्चों की खबर सुध लेनी शुरू कर दी। उसके बाद बच्चों की पढ़ाई, फिर महँगाई, फिर बॉस के और कम्पनी के अन्याय पर चर्चा करते हुए काम की बात पर आए...

''अच्छा सुन सुभाष, सविता मैडम ने कल जोड़ पूजने हैं। खाना भी खिलाएँगी फिर तेरी बीवी के लिए सूट भी देगीं। तुम दोनों मियाँ-बीवी कल सुबह मैडम के घर चले जाओगे?''

''नहीं मैडम जी, मैडम का घर बहुत दूर है। सुबह-सुबह कहाँ जा पाएँगे। उसे घर का काम करना होता है और मुझे बच्चों को स्कूल छोड़ने जाना होता है।''

''हाँ अनिता दीदी, बेचारा ये इतनी दूर से कैसे आ पाएगा और फिर मेरी सास को पता चल गया तो सोचेगी पता नहीं क्या जादू-टोना कर रही है।'' अन्तिम बात सविता ने यथासम्भव मद्धिम स्वर में कही।

''मैं ऐसा करती हूँ सूट, शृंगार का सारा सामान और खाना-वाना सब पैक करके यहीं ले आती हूँ। और क्या होगा, तब तक मुँह झूठा नहीं करूँगी।''

''हाँ, ये ठीक है। ठीक है न सुभाष। अब मैडम कल सारा सामान ले आएँगी।

तू ले जाएगा न अपनी लाड़ी के लिए। सब कुछ यहीं मत खा जाना पहले उसे खिलाना।''

माहौल को कुछ हल्का बनाने के लिए अनिता ने अन्तिम वाक्य कहने के बाद हँसने का प्रयास किया।

इस तरह अनिता मैडम ने परमार्थ के लिए सविता और सुभाष के बीच डील पक्की करवा दी। तय हुआ कि इसी शनिवार को सारा कर्म-कांड कर लिया जाए क्योंकि फिर सुभाष को अपने गाँव जाना है। और ग्रह जितनी जल्दी टल जाएँ उतना अच्छा।

शुक्रवार की प्रक्रिया पूरी करने के बाद सविता ने शनिवार के लिए व्यापक तैयारी की। काले रंग का प्रिंटेड सूट खरीदा। शृंगार का सामान लिया और काले चने रात को ही भिगो दिये।

सुबह तेल के तीन पकवान बनाकर सिल्वर फॉइल में रैप किये। फिर सूट निकालकर उस पर शृंगार का सारा सामान रखा और मन्दिर में शनिदेव के आगे तेल का दीपक जलाया।

इस सारी प्रक्रिया में सविता ऑफिस पहुँचने के लिए आधा घंटा लेट हो चुकी थी, लेकिन उसे सन्तोष था कि अब उसके पति के सारे ग्रह शान्त हो जाएँगे।

ऑफिस पहुँचते ही उसने सबसे पहले सुभाष को बुलाया और एक कोने में जाकर सारा सामान उसके हाथ में थमा दिया। जहाँ इतना किया वहाँ थोड़ा और सही, सोचते हुए उसने पर्स से एक सौ इक्यावन रुपये निकाले और सुभाष के हाथ में थमाते हुए बोली, ''अपनी बीवी को दे देना और मेरी तरफ से पैरों को भी हाथ लगा लेना।''

''क्या मैडम जी आप भी मजाक करती हो...''

सारा सामान पाने की खुशी में सुभाष खुश था और ग्रह उतरने की खुशी में सविता खुश थी। दफ्तरी माहौल के इन दो कोनों में सन्तोष तैरने लगा था।

एक महीना गुजर गया। शर्मा जी की सेहत भी अच्छी हो गयी और उन्हें एक बार भी दर्द नहीं हुआ। अनिता और सविता दोनों अब अपने नहीं बल्कि दूसरों के घर-परिवार की बातें किया करतीं थीं, संकेत था कि अब दोनों को कोई समस्या नहीं है।

इधर एक महीने की छुट्टी काटकर सुभाष भी दफ्तर वापस आ गया था। शाम को निकलते वक्त उसने सविता मैडम को पीछे से आवाज दी, ''मैडम जी...''

''हाँ बोल सुभाष क्या हुआ? तेरी बीवी को सूट पसन्द आया कि नहीं...?''

''मैडम जी 'सारी', मेरी बीवी ने सामान लेने से मना कर दिया...'' कहते हुए सुभाष ने सविता का दिया हुआ पैकेट वापस सविता की तरफ बढ़ा दिया।

कल्पना

वे दोनों एक दूसरे को पहचानते नहीं थे। हाँ जानते बहुत अच्छी तरह थे। फोन पर। मल्टीनेशनल कम्पनी के अलग-अलग ब्राँच ऑफिस में होने के कारण दोनों की अक्सर फोन पर बातें हुआ करती थीं।

"कैसे हैं सोहेब जी आप..."

"अच्छा हूँ। तुम सुनाओ क्या चल रहा है सिमरन?"

"एक असाइनमेंट भेजा है आपके ई-मेल पर। प्लीज चेक कर लीजिएगा।"

"हाँ बस अभी देखता हूँ।"

बातें काम से शुरू हुईं और सिलसिला आगे बढ़ने लगा। अब काम के अलावा भी बातें हुआ करती थीं।

"सिमरन घर में कौन-कौन है?"

"माँ हैं, पापा हैं। मुझसे छोटी एक बहन और भाई है।"

"ओह इसका मतलब तुब सबसे बड़ी हो?

सब पर खूब रौब चलाती होगी?"

"अरे कहाँ सोहेब जी, वो जितने छोटे हैं उतने ही खोटे भी। इतने तेज हैं कि बातों में ही सबके कान काट लें।"

"खैर छोड़ो। तुम्हारा असाइनमेंट देखा। अच्छा काम किया है तुमने। पर भाषा अभी थोड़ी कमजोर है। उसे और बेहतर करो।"

"सोहेब जी। अभी जितना भी आता है सब आप ही से सीखा है। धीरे-धीरे कोशिश कर रही हूँ आपसे और सीखने की।"

"स्मार्ट गर्ल।"

"मेल चेक करना एक और आइडिया दिया है। तुम चाहो तो उसके मुताबिक नया असाइनमेंट तैयार कर सकती हो...।"

बस ऐसे ही होती थी अक्सर उन दोनों की मुलाकात। एक-दूसरे की आवाज को खुद से ज्यादा पहचानने लगे थे, लेकिन सूरत से बिल्कुल अनजान। एक दिन

सोहेब का मन हुआ सिमरन से मिलने का।

—कैसी दिखती होगी वो?

सिमरन के हँसने-खिलखिलाने और बात करने के अन्दाज से उसने एक आकृति खींचनी शुरू कर दी।

''पतली लम्बी-सी लड़की। हाइट कम से कम पाँच फुट चार इंच। सरदारनी है, खूबसूरत तो होगी ही। उस पर कश्मीरी सरदारनी, क्या कहने?

—इसका मतलब गुलाबी रंग, चौड़ा माथा... और नीचे की तरफ पतली होती लम्बी-सी गुथ...

—एक बार कह रही थी कि अब सभी लड़कियाँ मॉडर्न हो गयी हैं। थ्रेडिंग भी करवाती हैं और बाल कटवाने से भी उन्हें कोई परहेज नहीं...

—पर नहीं उसकी आवाज के हिसाब से लगता नहीं कि उसने बाल कटवाए होंगे।

सोहेब से रहा नहीं गया और ऑफिस पहुँचते ही उसने सबसे पहले सिमरन को फोन किया। सिमरन को भी अब सोहेब के फोन का इन्तजार रहता था। सोहेब का फोन सिमरन को काम और खुशी दोनों देता था।

''हैलो...''

''हाँ सोहेब जी...''

''जी मैडम कहिए कैसी हैं आप?''

''बस आपकी दुआ है।''

''अच्छा दुआ-वुआ छोड़ो और एक बात बताओ, कभी तुमने कल्पना की है कि मैं कैसा होऊँगा? मतलब कैसा दिखता होऊँगा मैं?''

''इसमें कल्पना क्या करनी है? मुझे तो यकीन है कि आप बहुत अच्छे हैं।''

''खैर अच्छा तो मैं हूँ ही, पर दिखता कैसा होऊँगा।''

''मैंने कहा न कि आप बहुत अच्छे हैं। आप नहीं जानते आप कितना सहयोग करते हैं मुझे। वरना मुझे तो इस फील्ड के बारे में कुछ पता ही नहीं था।''

'यार मैं पूछ कुछ और रहा हूँ, ये मुझे बातों में घुमाए जा रही है। ठीक कहते हैं लोग लड़कियाँ बड़ी चालाक होती हैं। और फिर कश्मीरी लोग तो बातों में ही खुश कर देते हैं'—वह मन ही मन बड़बड़ाया।

''अच्छा ऐसा करो तुम जम्मू चली आओ। बहुत मन है तुमसे मिलने का।''

''जी मेरा भी बहुत मन है आपसे मिलने का, आपका शुक्रियादा करने का पर...''

''पर क्या? तुम्हें यहाँ कोई किसी तरह की परेशानी नहीं होगी। मेरा घर है न...''

"नहीं वो बात नहीं है, बल्कि मेरे मामा जी भी जम्मू में ही रहते हैं। आप ही किसी दिन यहाँ चले आइए।

आपसे मिलना भी हो जाएगा और आपको धरती की जन्नत की सैर भी करवा देंगे।"

इसी निमन्त्रण का तो सोहेब इन्तजार कर रहा था। बिना एक भी पल गवाए उसने फटाक से जवाब दिया...

"तुम तो आओगी नहीं, लगता है मुझे ही कुछ करना पड़ेगा। ऑफिस से छुट्टी मिलती है तो बनाता हूँ प्रोग्राम।"

अब सोहेब हर बार इसी जुगाड़ में लगा रहता कि किसी तरह उसे छुट्टी मिल जाए और वह श्रीनगर पहुँचे। पर जुगाड़ था कि लग ही नहीं रहा था।

सोहेब की किस्मत कहें या औरों की बदकिस्मती कि एक के बाद एक ऑफिस के कई लोग वायरल फीवर से बीमार पड़ने लगे। बस यहीं से सोहेब को भी आइडिया आ गया।

"अगर बाकी लोग बीमार पड़ सकते हैं तो क्या मैं नहीं पड़ सकता। चल सोहेब हो जा बीमार..."

बीमार होने के लिए उसने बॉस को फोन किया और बीमार होने के बाद सिमरन को...

"हैलो सिमरन, मैं कल श्रीनगर आ रहा हूँ।"

"सच! कितने दिनों के लिए?"

अगर सिमरन को बताया कि मैंने उससे मिलने के लिए बीमारी का बहाना किया है तो ख्वामखाह बेइज्जती हो जाएगी—मन ही मन अपनी इज्जत के प्रति गम्भीर होते हुए सोहेब ने जवाब दिया...

"छुट्टी नहीं मिल पायी। ऑफिस के ही एक असाइनमेंट पर आ रहा हूँ। सिर्फ तीन दिन के लिए।"

"सिर्फ तीन दिन के लिए? दो दिन तो आपको आने-जाने में ही लग जाएँगे। फिर आप घूमेंगे कब?

ये क्या बात हुई सोहेब जी!

लोग तो एक-एक महीने के लिए श्रीनगर आते हैं। आप कम से कम दस दिन तो मानकर आइए..."

"नहीं, अगर काम बढ़ गया तो ज्यादा दिन भी लग सकते हैं..."

पर घूमना किसे था। उसे तो सिर्फ सिमरन से मिलना था। वो पाँच फुट चार इंच की पतली-सी लड़की।

अगले दिन की तैयारी में वह रात-भर सो नहीं सका और सुबह होते ही वह

निकल पड़ा अपनी मंजिल की ओर...

रास्ते भर वह चौड़े माथे और लम्बी गुथ वाली लड़की कभी हँसती, खिलखिलाती तो कभी उसके बालों में अँगुलियाँ फेर कर उसे छेड़ जाती...। हर बार सोहेब की कल्पना उभरती और उसे गुदगुदा जाती। इसी गुदगुदाहट में वह सिमरन को रास्ते भर कई बार फोन कर चुका था।

कभी मौसम के बारे में पूछता तो कभी काम के बारे में।

...आखिर में लाल चौक पहुँचते ही सिमरन का उसे फोन आया...

''कहाँ पहुँचे आप?''

''मैं इस वक्त लाल चौक पहुँचा हूँ, तुम कहाँ हो...''

सोहेब सिमरन की सिर्फ आवाज पहचानता था और उस आवाज को भीड़ में मौजूद हर लड़की से मिला-मिलाकर देख रहा था...

''मैं पास ही हूँ। बस थोड़ी देर में पहुँचती हूँ...''

'बस थोड़ी देर...' सोहेब के दिल ने जोर-जोर से धड़कना शुरु कर दिया

सिमरन से मिलने की बेचैनी के साथ ये धड़कनें और तेज होती जा रहीं थीं

सिमरन का फिर फोन आया, ''सोहेब जी आप लाल चौक में कहाँ हैं?''

''मैं पोशाक महल के ठीक सामने खड़ा हूँ। साथ ही में अरेना आइसक्रीम पार्लर भी है...'' ''बस आप वहीं रहिए मैं पहुँच रही हूँ। मैं गुलाबी सूट में हूँ, आपने कैसे कपड़े पहने हैं?''

''मैंने काले रंग की जींस और पिस्ता रंग की कमीज पहनी है।''

''ठीक बस मैं पहुँचती हूँ...''

इन्तजार के वो दो-चार पल सोहेब ने बड़ी बेचैनी में निकाले, इतने में अचानक अपने पास से उसे एक गुलाबी परछाई गुजरती सी दिखी। वह फटाफट आइसक्रीम पार्लर से बाहर आया, इतने में सोहेब का मोबाइल बजने लगा था। वह गुलाबी सूट वाली लड़की सोहेब को ही फोन कर रही थी...

''हैलो, सिमरन...?''

''ओह सोहेब जी...'', कहते हुए वह लड़की पलटी

वह सरदारनी तो थी पर माथा चौड़ा नहीं था। चेहरे के गुलाब कैसे रंगत बिखेरते, कमजोरी से उसके गाल अन्दर को धँस गये थे। उसके सैंडिल की हील एक तरफ से बहुत घिसी हुई थी। लगता था कई महीनों से वह यही सैंडिल पहन रही है।

सोहेब को एक पल के लिए लगा कि उसकी कल्पना टूटकर बिखर जाएगी, पर वह जीवित थी।

सिमरन ने सोहेब से हाथ मिलाने के लिए आगे बढ़ाया तो सोहेब ने आँखें

बन्द कर ली।

बन्द आँखों की स्याही में आज फिर पाँच फुट चार इंच की चौड़े माथे और गुलाबी गालों वाली लड़की खड़ी थी।

सोहेब ने भी हाथ आगे बढ़ाया और उस आवाज की छुअन को बन्द आँखों से पहली बार पूरी शिद्दत से महसूस किया...।

दो बिंदियाँ

मोबाइल फोन फिर बज उठा...स्क्रीन पर दो बिन्दियाँ चमक रही थीं।

गोपनीयता बरतने के लिहाज से उसका नम्बर मैंने अपने मोबाइल फोन में दो बिन्दियों की निशानी बनाकर सेव किया था।

बहुत डरते-डरते उसने एक बार कहा था, "मैं आपको फोन करती हूँ यह बात किसी को पता नहीं चलनी चाहिए। वरना वो लोग मुझे खा जाएँगे।"

वो अक्सर अपने माथे पर दो रंग की बिन्दियाँ लगाया करती, एक सलवार के रंग की और दूसरी कमीज के रंग वाली। मोबाइल स्क्रीन पर चमकती बिन्दियों के बहाने उसका चेहरा याद हो आता।

इस बार भी मिस कॉल मारकर उसने इशारा दिया कि वो घर में अकेली है। मैं उसे फोन करूँ। पैसों के अभाव में वह अपने मोबाइल में बहुत सस्ता कार्ड डलवा पाती और जब भी बात करने का जी करता मुझे इसी तरह मिस कॉल मारा करती। यह लगातार उसकी तीसरी मिस कॉल थी पर व्यस्तता के चलते मैं फोन नहीं कर पा रही थी।

लगभग दस मिनट बाद उसे फोन करके मैंने सिर्फ इतना कहा, "थोड़ी बिजी हूँ, फ्री होते ही फोन करूँगी।"

लंच टाइम तक फ्री होते-होते इस बार जब मैंने उसे फोन किया तो वह ठीक से बोल नहीं पा रही थी, मद्धिम-सी आवाज में उसने कहा, "हाँ बोलो, मैं सुन रही हूँ। मैं ज्यादा जोर से नहीं बोल पाऊँगी, आप मुझसे बात करो। बड़ा मन कर रहा था आपसे बात करने का।"

हमारे बीच औपचारिकता जैसा तो कुछ था ही नहीं, इसलिए हालचाल पूछना गैरजरूरी था। फिर भी उसके यथासम्भव धीमे बोलने का कारण जानना चाहा, तो अपने स्वर को और धीमा करते हुए वह बोली, "अभी मैं कहीं और हूँ, बाद में बताऊँगी। बस आप बात करते रहो।"

मैंने आस-पास की, टीवी सीरियल और फिल्मों की कुछ बातें की। पर बातों

में बतरस तभी आता है जब दूसरा पक्ष उसमें बराबर का शरीक हो। रेडियो जॉकी होने का मुझे कोई अभ्यास नहीं था। सो मैंने कह दिया, "जब दोबारा मौका मिले तो रिंग मारना। फिर बात करेंगे।"

तकरीबन डेढ़ घंटे बाद मेरे मोबाइल की स्क्रीन पर फिर से दो बिन्दियाँ चमकने लगीं। मैंने झटपट उसे कॉल बैक किया। इस बार उसका स्वर रुँधा हुआ था और कंपकपाती आवाज में वह कह रही थी, "मैं बहुत परेशान हो गयी हूँ। इस तरह छिपते-छिपाते। पता नहीं कब मुझे शान्ति मिलेगी।"

"अपने आप को सँभालो, आखिर ऐसा क्या हो गया जो तुम इतनी घबरा रही हो?", उसे सँभालने का असम्भव-सा प्रयास करते हुए मैंने कहा।

"मैंने आपको बताया था न ऋतु के बारे में। उसका घरवाला, जेठ और जेठानी आए थे। त्यौहारी देने। वो देखते कि मैं इस बार भी यहीं हूँ तो न जाने क्या सोचते। अभी नयी-नयी रिश्तेदारी है। इसलिए मैं स्टोररूम में छुप गयी थी। लड़कियाँ तो अपनी होती हैं पर उनके ससुराल वाले..." कहते-कहते उसकी सिसकियाँ बँध गयीं।

मेरी छाती पर जैसे किसी ने बर्फ का ठण्डा गोला रख दिया। कुछ देर तक मैं तय नहीं कर पायी कि अच्छा घरबार होते हुए भी स्टोर रूम में छुपी इस वियोगिनी को सांत्वना देने के लिए मुझे क्या कहना चाहिए?

"तुम कब तक इस तरह छुप-छुप कर अपनी बहन के घर रहती रहोगी?"

"क्या करूँ? मायके में भी तो भाभियों वाला घर है। वहाँ भी नहीं जा सकती। सब पूछते हैं, तेरे ससुराल वाले क्यों नहीं बुलाते तुझे, कोई ऐसी-वैसी बात तो नहीं है? उन्हें नहीं पता कि मेरी शादी एक दुहाजू के साथ हुई है।"

"मैं वहाँ जाने की बात नहीं कहती, पर इस तरह छुप-छुप कर...।"

"घर जाने को कहो तो कहते हैं, कोई शिकायत कर देगा। सरकारी नौकरी चली जाएगी। अभी तक उनकी पहली पत्नी ने फैसला नहीं दिया है।"

"पर बहन के घर कब तक रहोगी, आखिर बहन को भी तो अपने पति के सवालों का सामना करना पड़ता होगा?"

"भगवान की दया से वो बहुत अच्छे हैं। उन्होंने हमेशा मुझे अपनी बेटी की तरह देखा है। पिछली बार जब ये छुट्टी आए थे तो दीदी-जीजाजी ने ही कहा था कि इसके लिए कोई छोटा सा प्लॉट खरीद दो। कमरे हम चढ़वा देंगे। कम से कम आराम से रह तो लेगी। यहाँ तो जब-तब कोई न कोई आता रहता है। और कब तक हम उसे स्टोर में छुपने को कहते रहें?"

"फिर, क्या जवाब दिया आपके साहब ने?"

"वो देते हैं जवाब, अपनी माँ की सलाह के बिना हिलते तक नहीं। सबके

सामने तो हाँ में हाँ मिलाते रहे। फिर कहकर गये कि अगली छुट्टी में आऊँगा तो खरीदेंगे। अब पिछले हफ्ते उनकी माँ का फोन आया था। कहने लगी, 'तू तो बड़ी चालाक निकली। अभी से जमीन जायदाद हथियाने की बातें करने लगी? इसीलिए मान गयी थी न तू चुपचाप शादी के लिए?''

अब तक सँभली हुई 'वो' ये कहते-कहते फिर से बिखर गयी। और सुबक-सुबककर रोने लगी। हम दोनों मोबाइल के नेटवर्क से जुड़े थे। एक दूसरे को सुन सकते थे पर थाम नहीं सकते थे।

''आप ही बताओ मुझमें क्या कमी है? मुझे किसी चीज का लालच नहीं है। अपने पास रखें अपनी जमीन जायदाद। इनकी माँ की करतूतें क्या सुनाऊँ! पिछली दफा जब दो दिन के लिए घर गयी थी तो आते वक्त मेरे लिफाफे की तलाशी ले रही थी। सोचती है हमने अपने घर में कुछ देखा ही नहीं है। और वो उसकी बहन की बेटी कह रही थी—बड़ी खुशी हुई हमें तो सुनकर। हमारे भाई का घर फिर से बस गया। पर एक बात पूछूँ बुरा न मानना, तेरा पहला पति मर गया या उसने तुझे छोड़ दिया? देखा दुहाजू से शादी करने का इल्जाम। कहते-कहते वो फिर बहने लगी।

''लगाना था कसके एक थप्पड़ उसके मुँह पर'', मैं अपना गुस्सा रोक नहीं पाई। ''सभी को लगता है कि कोई अच्छे घर की लड़की तो दुहाजू से शादी करेगी नहीं। प्लीज इस तरह रोओ मत, कोई देखेगा तो क्या सोचेगा। इस वक्त आप कहाँ हैं?''

''नहीं कोई नहीं देखेगा, मैं छत पर आ गयी हूँ।'' अपने आँसू पोंछते हुए वह कह रही थी, मैंने महसूसा।

''आप पढ़ी-लिखी हैं। समझदार हैं। इतना सब जानते हुए भी क्या जरूरत थी आपको उनसे शादी करने की।''

''हम लोग बहुत गरीब थे न। पहले तो मैं शादी करना ही नहीं चाहती थी। पर जैसे-जैसे उम्र बढ़ती गयी, सारी बहनें, भाई अपनी-अपनी गृहस्थी में रमते गये। अब उनके बच्चे भी बड़े होने लगे, उनकी ब्याह-शादियों की बातें शुरू हो गयीं। जब भी ऐसी कोई बात होती वे मुझसे कतराने लगते। तब मुझे लगने लगा कि जैसे मैं इनके बीच शामिल होने के लायक नहीं रही। गृहस्थी वालों में अनब्याही लड़की को लोग बहुत अच्छी नजर से नहीं देखते। ये मेरे बड़े वाले जीजाजी के दोस्त हैं। जब भी छुट्टी आते, हमारे घर जरूर आते थे।

''शुरू-शुरू में जब ये आते और अपने बारे में बताया करते तो हम सबका दिल पसीज जाता इनकी बातें सुनकर। लगता बेचारा कितना दुखी है। हर आदमी को जरूरत होती है एक औरत के प्यार की। इसकी माँ ने इसकी जिन्दगी बर्बाद कर

दी। न दोनों मियाँ-बीवी को एक साथ रहने दिया न घर बसने दिया। दीदी और जीजाजी भी कहने लगे कि देखने में भी ठीक-ठाक है, सरकारी नौकरी है। खानदान में पहला जमाई होगा सरकारी नौकरी वाला। बाकी वाले तो सब देहाड़ी ही लगाते हैं। तेरी शादी हो जाए, उसके बाद ही हम ऋतु के लिए कोई रिश्ता देखेंगे।

"मुझे लगा सब लोग मेरी वजह से परेशान हैं। माँ-पिताजी खुद भाई-भाभी के सहारे हैं। वो क्या कर पाएँगे। यह सोचकर मैंने हाँ कह दी। उस वक्त तो इन्होंने भी कहा था कि बस दो तारीखें और पड़ेंगी और फिर हमारा फैसला हो जाएगा। वो चुड़ैल जितना पैसा माँगेगी मैं दे दूँगा। कम से कम टेंशन तो खत्म होगी। फिर हम दोनों एक नयी जिन्दगी शुरू करेंगे।

"मुझे लगा कि प्यार किसी को भी अच्छा बना सकता है। ये कहते हैं कि इनकी बीवी कैरेक्टर की भी थोड़ी ऐसी ही थी, लगता तो नहीं है। पर मुझे क्या करना, अपना घर तो छोड़ ही दिया न उसने! मैं ऐसी गलती नहीं करूँगी। इसलिए मैंने कह दिया कि अगर कुंडलियाँ मिल जाती हैं तो मुझे क्या परेशानी है।"

"फिर क्या मिल गयीं आपकी कुंडलियाँ?"

"हाँ...कुंडलियाँ तो बड़ी अच्छी मिलीं। मेरे लिए तो बचपन से ही सब कहते थे इसका चेहरा मोहरा है ही नहीं इस गाँव के लायक। लड़की क्या है, लक्ष्मी का अवतार है। इसके पग खेतों के लिए नहीं महलों के कालीन के लिए हैं। स्कूल में भी जब एक बार कॅम्पीटीशन हुआ था तो मुझे ईनाम में गुलाब के फूल मिले थे। वो होते हैं न स्कूलों में सबसे सोहणी कुड़ी वाले कॉन्टेस्ट। जैसा सबने कहा था, देखा वैसा ही घरबार मिला है मुझे। खाता-पीता, अच्छा पैसे वाला। थोड़े दिनों की बात है फिर तो सब मेरा ही है।" अब तक जो खोई हुई थी वो खुशी उसकी आवाज में लौट आई। स्टोररूम की सीलन अब उसकी आवाज में नहीं थी। वहाँ अब छत का खुलापन साफ महसूस हो रहा था। अपने और अपने पति के बारे में ढेरों खुशियाँ भरे किस्से वो मुझे यूँ ही फोन पर सुनाती रही। दुहाजू की पत्नी बहुत खुश थी। किसी भी सामान्य पत्नी की तरह। 'यस वी केन' के नारे के साथ विश्व को सम्बोधित करते बराक ओबामा की पत्नी की तरह। सलमान रुश्दी के साथ पोज देती उसकी दूसरी, तीसरी, चौथी पत्नी की तरह।

अनहोनी

...खून में लथपथ विश्वास की लाश बिस्तर पर पड़ी थी। उसके पेट में तेज कटार घुंपी हुई थी। देखकर लग रहा था कि जैसे उस पर सोते हुए हमला किया गया है।

बिस्तर के पास ही नीचे जमीन पर सीमा निश्चिन्त-सी बैठी थी। ऐसी निश्चिन्तता शायद आत्मा को मिलती होगी, देह के पिंजरे से छूटने के बाद।

कमरे का दरवाजा खुला हुआ था और दरवाजे के बाहर अच्छी खासी भीड़ जमा थी। ऐसी बदकिस्मत सुबह इस घर में पहले कभी नहीं आयी थी।

चिंघाड़ती हुई विश्वास की माँ कमरे के अन्दर दाखिल हुई। पहले बेटे की छाती पर विलाप करते हुए उसने हाथ पटके और फिर अपनी छाती पर।

"हत्यारिन, मार डाला मेरे बेटे को। क्या बिगाड़ा था उसने तेरा?

कुलटा, कुलक्षिणी..." कहते- कहते उसने सीमा का चेहरा अपने नाखूनों से खरोंच डाला।

अब तक पुलिस भी आ चुकी थी। कमरे की हालत और वहाँ मौजूद लोगों की प्रतिक्रिया से पुलिस को मौका-ए-वारदात की कहानी समझने में देर न लगी और फटाफट दो महिला पुलिसकर्मियों ने सीमा के हाथों में हथकड़ियाँ पहना दीं।

सीमा अब भी निश्चिन्त थी। हथकड़ियाँ उसने ऐसे पहन लीं, जैसे उसे होश ही न हो। ठकाठक दरवाजे बन्द हुए और पुलिस की जिप्सी फर्राटे से धूल उड़ाती हुई वहाँ से विदा हो गयी।

13 दिन बाद विश्वास का तेरहवाँ था। सीमा का अब तक न तो कोई वकील था और न ही घरवालों में से किसी ने उसे विश्वास के अन्तिम संस्कार में शामिल करने के लिए कोई कोशिश ही की।

15 दिन बाद सीमा की अदालत में पेशी थी। अब तक सीमा ने अपनी तरफ से कोई बयान नहीं दिया था। औपचारिकतावश पुलिस के बहुत पूछने पर उसने

विश्वास की हत्या करना स्वीकार कर लिया था। केस सीधा-सादा था। इसलिए पुलिस ने भी अपनी ओर से कोई खास मशक्कत करना जरूरी नहीं समझा। हत्या हो चुकी थी और हत्यारिन पुलिस की गिरफ्त में थी।

आज सीमा को अदालत में पेश होना था। जज के कुर्सी पर आते ही सरकारी वकील ने सारा मामला तफ्सील से समझाया। रस्म-अदायगी के लिए पुलिस की ओर से मौका-ए-वारदात से बरामद कुछ सबूत और कुछ गवाह भी पेश किए गये।

अब सिर्फ फैसले का इन्तजार था।

"क्या तुम्हारा कोई वकील है? अगर नहीं तो क्या तुम्हें अदालत की ओर से किसी वकील की जरूरत है?" जज ने सीमा से सवाल किया।

सीमा ने इनकार कर दिया।

"क्या तुम अपनी सफाई में कुछ कहना चाहोगी?", जज ने सवाल किया।

"जी हाँ जज साहब।"

"इजाजत है।"

"मैं समझती हूँ कि यह हमारा घरेलू मसला है और इसे अदालत तक न घसीटा जाय।"

"घरेलू मसला?" आश्चर्य मिश्रित गुस्से से जज का चेहरा तमतमाने लगा। "तुमने अपने पति की हत्या की है और तुम कहती हो कि यह तुम्हारा घरेलू मसला है, इसे अदालत तक न घसीटा जाए। यह सीधा-सीधा हत्या का जुर्म है और तुम कहती हो..."

"जी हाँ जज साहब, यह हमारा घरेलू मसला है। क्योंकि मैंने अपने पति की हत्या की है। किसी और के नहीं?"

अदालत में खुसफुसाहट शुरू हो गयी, अदालत में मौजूद लोग तरह-तरह की बातें करने लगे। विश्वास के सम्बन्धियों ने एक बार फिर से सीमा को कोसना शुरू कर दिया।

"ऑर्डर-ऑर्डर।" जज ने अदालत में उपस्थित लोगों को खामोश होने का आदेश दिया।

इससे पहले कि वकील या जज कुछ और कह पाते, सीमा ने फिर से बोलना शुरू किया, "जी हाँ जज साहब, यह हमारा घरेलू मसला है। मैंने सिर्फ अपने पति, अपने विश्वास की हत्या की है। जिसका किसी और से कोई सम्बन्ध नहीं है। न ही किसी पर इसका प्रभाव पड़ता है।

"मैं जानती हूँ कि एक इन्सान कई सम्बन्धों में बँधा होता है। वह एक साथ किसी का पति, किसी का बेटा और किसी का भाई होता है।

''हम दोनों ही मध्यम वर्गीय परिवारों से ताल्लुक रखने वाले थे। मध्यमवर्गीय परिवारों में ही सबसे ज्यादा मान्यताएँ और वर्जनाएँ उपजती हैं। हमारी शादी भी पूरे परिवार की रजामन्दी से वैदिक रीति-रिवाजों के अनुसार हुई थी। अग्नि के समक्ष हमने जीवन भर साथ निभाने की कस्में खाईं थीं। पंडित जी ने शादी करवाते वक्त विश्वास की ओर से मुझसे यह वचन लिया था कि मैं किसी पर-पुरुष की तरफ गलत नीयत से देखूँगी भी नहीं। वहीं पंडित जी के ही माध्यम से मैंने भी विश्वास से वचन लिया था कि वह मेरी तमाम खुशियों का ख्याल रखेगा। और मुझे सम्मानित जीवन जीने के अवसर उपलब्ध करवाएगा।

''लेकिन ऐसा नहीं हुआ। सम्मान तो दूर, विश्वास कभी मेरे अधिकार के लिए भी खड़ा नहीं हुआ।

''हिन्दू रीति-रिवाजों के मुताबिक हम विवाह-बन्धन में बँधे और विवाह को सार्थकता प्रदान करने के लिए मैंने विश्वास के बच्चे को जन्म भी दिया।

''इस सबमें पंडित जी के वचन न जाने कहाँ दब गये। अब उनकी जगह हर कदम पर मुझसे समझौते की उम्मीद की जाने लगी। और मैं भी अपने संस्कारों की बदौलत अब तक हर कदम पर समझौता ही कर रही थी। सिर्फ इस इच्छा से कि समझौता करने वाली स्त्रियों को ही यह समाज याद रखता है। शेष को कलंकित।

''मैं समझौते करती जा रही थी और विश्वास मेरी खुशियों का गला घोंटता जा रहा था। वह न मुझे पुरानी पीढ़ी सरीखा सम्मान और निजता दे रहा था और न ही नयी पीढ़ी सरीखी आज़ादी या आधुनिकता। जबकि अपनी सुविधा से वह मुझे दोनों उदाहरणों में इस्तेमाल करता और फिर उठाकर रख देता।

''मैं कोई झूठा आरोप नहीं लगाऊँगी। मुझे उसके चरित्र पर कभी शक नहीं हुआ। न ही उसने इसका मुझे कभी मौका दिया। पर मैं तो उसकी अपनी स्त्री थी, मुझे तो वह प्यार दे सकता था, पर क्यों नहीं दिया? मुझे कभी लगा ही नहीं कि मैं उसकी प्राथमिकताओं में शामिल हूँ। जबकि वह मुझे हमेशा किसी उपकरण की तरह इस्तेमाल करता रहा। वैसे ही जैसे भगवान राम ने यज्ञ पूरा करवाने के लिए सोने की सीता बनवा ली थी।

''जब उसे अपनी माँ की याद आती तो वह मुझे अच्छी बहू की तरह पेश कर देता। जब अपने घर की सुध आती तो आदर्श गृहणी बना देता और जब बारी दोस्तों की पार्टियों की आती तो स्मार्ट वाइफ की तरह मुझे तैयार करके ले जाता।

''कुल मिलाकर सबकुछ था, पर मैं नहीं थी। इस खालीपन को मैंने कई बार विश्वास के सामने पेश भी किया। पर हर बार उसका जवाब होता, क्या कमी है तुम्हें यहाँ? या क्या मैं दूसरी औरतों के पास जाता हूँ? सब कुछ तुम्हारा ही तो है। क्या

काम-धन्धा छोड़ दूँ?

''उसके इन तर्कों का मेरे पास कोई जवाब नहीं था। पर मेरा खालीपन अब भी बरकरार था।

''कई फिल्में देखीं, जिसमें पति के खालीपन से उक्ताई औरतों ने बाहरी पुरुषों से सम्बन्ध स्थापित कर लिए। पर यह फिल्में थीं। मेरी निजी जिन्दगी में इनके लिए कोई जगह नहीं थी जो पूरी तरह मेरे संस्कारों से बनी और बँधी थी।

''किसी ने सुझाव दिया कि अगर नहीं निभ रही है तो मैं उससे तलाक ले लूँ। पर यह भी समाधान नहीं था, बल्कि एक नयी समस्या को जन्म देना था।

''विवाहेत्तर सम्बन्ध और तलाक मैं दोनों में से एक के लिए भी तैयार नहीं थी। दोनों परिवारों की इज्जत की ओढ़नी मेरे ही सिर पर थी।

''फिर सोचा आत्महत्या कर लूँ। इस जंजाल से ही मुक्ति मिल जाएगी। दो बार कोशिश भी की। एक बार विश्वास ने बच्चे का वास्ता देकर मरने नहीं दिया और दूसरी बार सीधे साफ शब्दों में कह दिया—जो करना है अपने माँ-बाप के घर जाकर करो। यहाँ हमें फँसवाने की जरूरत नहीं है। तुम्हें मरना है तो तुम मरो न, हमें कोर्ट-कचहरी के चक्कर में क्यों डालती हो?

''लेकिन एक बार भी विश्वास ने मेरे खालीपन को समझने की कोशिश नहीं की। जब परिवारवालों के सामने सारी बातें रखी तो उनका जवाब था—हमारा बेटा तेरे हवाले है, अब चाहे सँभाल या बिगाड़। यह घरेलू मसला है इसे बाहर ले जाना ठीक नहीं। तुम दोनों की बांत है, तुम दोनों को ही हल करनी चाहिए। हमारी तो यही राय है कि जिस औरत को घर बसाना होता है वह दस कमियों में भी समझौता कर लेती है।

''हमारी जिन्दगी में तूफान मचा हुआ था और कोई इसे शान्त करना नहीं चाह रहा था।

''बहुत सोच समझकर मैंने यह फैसला किया कि रोज-रोज के तनाव से अच्छा है कि मैं विश्वास की हत्या कर दूँ। वह मुझसे ज्यादा ताकतवर और चालाक था। जागते हुए मैं उसे खरोंच भी नहीं सकती थी। इसलिए मैंने उसे रात में सोते हुए मार डाला।

''विश्वास के होने और न होने का सबसे ज्यादा असर मुझ पर ही पड़ता है। विश्वास अपने घर में सबसे छोटे हैं। उनका एक बड़ा भाई भी है। जाहिर है माता-पिता का सहारा वह बन सकता है। माता-पिता के श्राद्ध और पिंड दान पर भी सबसे पहले ज्येष्ठ पुत्र का ही अधिकार होता है। इसलिए विश्वास के माता-पिता का ऐसा कोई भी काम नहीं है जो विश्वास के न होने पर अधूरा रह जाएगा।

"उनकी बहनों को भी विश्वास की कमी तो खलेगी, लेकिन वह कमी उनका बड़ा भाई पूरी कर सकता है।

"अब बची मैं। जब विश्वास के रहते हुए ही मैं तलाक लेने या किसी और से सम्बन्ध बनाने की कोशिश नहीं कर पाई तो उसके जाने के बाद तो ऐसा करना मेरे लिए और भी दुष्कर है।

"विश्वास के बाद वैधव्य मुझे ही मिलेगा और अनाथ होगा मेरा अपना बच्चा। इसलिए मैं कहती हूँ कि यह हमारा घरेलू मसला है। मेरे घरेलू मसले में हस्तक्षेप करने की इजाजत मैं किसी को भी नहीं दे सकती। अदालत को भी नहीं। मैं अगर गुनहगार हूँ तो सिर्फ अपने बच्चे के प्रति। क्योंकि मुझसे पहले और मेरे बाद वही है जिसे विश्वास के न रहने पर तमाम मुश्किलों का सामना करना पड़ेगा। उसका बचपन और उसकी जवानी तक बाप के कर्तव्य अधूरे रह जाएँगे।

"इसलिए मेरे लिए कोई भी सजा सिर्फ मेरा बच्चा ही तय कर सकता है। उसके अलावा मैं किसी और सजा के लिए कतई तैयार नहीं हूँ।"

सीमा अपना फैसला सुना चुकी थी। पर अदालत में खामोशी छाई हुई थी। श्मशान की सी खामोशी।

सीमा की सिसकियों ने खामोशी का दरवाजा तोड़ा तो वहाँ मौजूद लोगों में खुसफुसाहट शुरू हो गयी। खुसफुसाहट धीरे-धीरे शोर में तब्दील होने लगी। अब तक मौन साधे बैठे जज साहब को जब शोर नागवार गुजरा तो उन्होंने ऑर्डर-ऑर्डर कहकर लोगों को चुप करवाने की कोशिश की। जज साहब ऑर्डर-ऑर्डर करते हुए लगातार लकड़ी के हथौड़े को टेबल पर पीटते जा रहे थे पर लोगों का शोर था कि बढ़ता ही जा रहा था। अचानक जज साहब कुर्सी से उठे और छलाँग मारते हुए बेंच को पारकर सीमा की तरफ लपके। ऑर्डर-ऑर्डर करते हुए वे सीमा से सिर्फ आधे हाथ की दूरी पर आ खड़े हुए।

और उसके सिर पर जोरदार चोट करने लगे...

जज साहब की चोट से वह बदहवास हो गयी। इससे पहले कि सीमा के दिमाग की नसें फट जातीं, उसकी नींद खुली... और ऑर्डर-ऑर्डर की आवाज दीदी... दीदी... में तब्दील हो गयी। उस आवाज के साथ जोर-जोर से दरवाजे खटखटाने की आवाज पर सीमा ने अपने आप को सँभालते हुए दरवाजा खोला...

दरवाजे पर कामवाली बाई थी।

"दीदी... कब से दरवाजा खटखटा रही हूँ, खोलती क्यों नहीं थीं? क्या कल भी...?"

सीमा अवाक थी। कामवाली बाई के प्रश्नों को अभी कुछ देर पहले की

स्थिति से मिलाने की कोशिश कर रही थी।

"जज साहब कहाँ गये?"

"और विश्वास?"

उसने पीछे मुड़कर देखा विश्वास निश्चिन्त गहरी नींद में बिस्तर पर सो रहा था। कुछ दूरी पर उसका बेटा भी उसी बिस्तर पर सो रहा था।

कामवाली बाई सीमा को लगभग धकेलते हुए कमरे के भीतर घुस आयी।

साइन बोर्ड

लॉ के नये विद्यार्थियों के स्वागत में दी जा रही यह लॉ कॉलेज की फ्रेशर पार्टी थी। सभी लड़कियाँ बला की खूबसूरत लग रही थीं। कुछ ने ग्लैमरस दिखने की कोशिश में वेस्टर्न कपड़ों का चुनाव किया था। लड़कियों के बीच छितरा हुआ लड़कों का झुंड बता रहा था कि वे अपनी कोशिश में कामयाब भी हुई हैं।

इन सबसे दूर कलाई तक ढकी बाजू का कुर्ता और चूड़ीदार पायजामी पहने एक कोने में कुछ सहेलियों के साथ खड़ी थी शबनम।

शबनम सईद।

छात्र नेताओं की अनौपचारिक भाषणबाजी के बाद शुरू हुआ नए विद्यार्थियों का इंट्रो राउंड। इसमें सभी नए विद्यार्थियों को बारी-बारी आकर अपना नाम, अपनी पसन्द आदि बताकर कोई एक परफोर्मेंस देनी थी। किसी ने चुटकुले सुनाए, तो किसी ने लेटेस्ट डांस की प्रस्तुति की।

''अब आ रहीं हैं शबनम सईद'',

''देखें क्या कमाल दिखाती हैं मिस सईद?'', एंकर ने घोषणा की।

''ओ... तो शबनम नाम है, मैंने कहा था न कि लड़की मुसलमान है।''

कुछ विद्यार्थियों ने आपस में टिप्पणी की। मद्धिम स्वर में ऐसी ही और भी कई टिप्पणियाँ हॉल में हो रही थीं।

शबनम पूरे आत्मविश्वास के साथ मंच पर आयी,

''डांस, वी वॉन्ट डांस''

अब हॉल में मौजूद लड़के-लड़कियों ने डांस की फरमाईश कर डाली।

बड़े सलीके से शबनम ने इस फरमाईश को ठुकरा दिया। बड़ी-बड़ी आँखों के ऊपर की लम्बी काली पलकों में वे सब इस कदर उलझ चुके थे कि उन्हें इस ठोकर का अहसास ही न हुआ।

जब तक हो पाता तब तक शबनम ने अपनी ओर से गाना सुनाने की अनुमति चाही।

"इफ यू डोंट माइंड, आई वुड लाइक टू सिंग"

"यस ऑफकोर्स", "वाय नॉट" की गूँज हॉल में होने लगी। गूँज को विराम तब लगा जब शबनम ने गाना शुरू किया...

"ऐ प्यार तेरी पहली नज़र को सलाम...

सलाम...,

ऐ प्यार तेरी पहली नज़र को सलाम..."

शबनम की खूबसूरती और फर्स्ट इम्प्रेशन का ही कमाल था कि वह उस पार्टी में 'मिस फ्रेशर' चुनी गयी और पार्टी के बाद 'सलाम गर्ल' के नाम से कॉलेज में मशहूर हो गयी। उस पार्टी में एंकर की भूमिका में नजर आने वाला अन्तिम वर्ष का छात्र साहिल सिंह जब भी शबनम को देखता तो कॉलेज प्रसिद्ध 'हाय' या 'हैलो' की बजाय सलाम ही कहता। शबनम भी सलाम का जवाब मुस्कुरा कर देती।

मुलाकातों का सिलसिला चल पड़ा अब दिलों में वादों के अंकुर फूटने लगे थे। अन्तिम वर्ष का छात्र होने के नाते साहिल ने शबनम की बहुत मदद की। फिर चाहे परीक्षाओं की तैयारी हो या फिर वाइवा की जानकारी।

दोनों वकालत की पढ़ाई कर रहे थे इसलिए अपने आपको बुद्धिजीवी मानते हुए फालतू बातों से परहेज ही किया करते थे।

साहिल सीनियर होने की वजह से खुद को ज्यादा समझदार मानता था और शबनम को लगता था कि 'क्योंकि वह लड़की है इसलिए ज्यादा मेच्योर है।'

दो समझदारों की आपसी समझ बढ़ती गयी और वे एक-दूसरे को खुद का पूरक मानने लगे। सलाम गर्ल और स्मार्ट ब्वॉय की यह जोड़ी कुछ विद्यार्थियों को खासी आकर्षित करती थी। उनमें उन्हें बॉलीवुड की कई सफल जोड़ियों के साक्षात दर्शन हुआ करते थे।

शबनम और साहिल भी कॉलेज के इस सामान्य-ज्ञान से अपरिचित नहीं थे। इसलिए उनके बारे में जब भी कोई नयी जानकारी कॉलेज कैम्पस में उदित होती, तो साहिल का चेहरा सूर्य के समान और शबनम सुबह की कुँआरी धूप की तरह चमकने लगती। इस सबके बीच एक साल कब बीत गया पता ही नहीं चला।

आज कॉलेज में एक और पार्टी थी। पर आज उमंग उत्साह की जगह निराशा और उदासी ने ले ली थी। शबनम का दिल एक-एक पल में कई-कई बार धड़क रहा था, क्योंकि यह अन्तिम वर्ष के छात्रों की फेयरवेल पार्टी थी। अन्तिम वर्ष का छात्र यानी साहिल सिंह... बस और कुछ नहीं।

पार्टी में जैसे—

शबनम का बहुत कुछ छूटने लगा था।

एक मौसम जो खुशनुमा था, वह बीतने लगा था।

शबनम की आँखों से आज बेशकीमती उपहार झड़ रहे थे। साहिल का मन हुआ कि वह बढ़कर इन्हें सँभाल ले, पर क्या करता ऐसे बहुत से उपहारों के गुबार उसके दिल में भी बनने लगे थे। जो पुरुष होने के गुमान में आँखों का रास्ता नहीं ले पा रहे थे।

बिछुड़ने की मजबूरी ने दोनों के बीच का प्यार कई गुना बढ़ा दिया था। शबनम को लगा कि कहीं कॉलेज के अकादमिक वर्ष की तरह साहिल के दिल का प्यार भी न खत्म हो जाए...।

पर ऐसा नहीं हुआ। साहिल एक वकील के अंडर काम करने लगा था और शबनम का यह लॉ का दूसरा वर्ष था। प्यार अब भी बरकरार था। सबूत यह कि शबनम अब क्लास 'बंक' करने लगी थी और साहिल को अक्सर अपने सीनियर से लेट आने और कभी-कभी न आने पर डाँट पड़ने लगी थी।

दोनों अब भी अपने आप को बुद्धिजीवी मानते थे। इसलिए इस दशा पर विराम लगाने की मंशा से दोनों ने तय किया कि अब उन्हें शादी कर लेनी चाहिए।

शादी के लिए मियाँ और बीवी दोनों ही थे राजी।

पर सवाल था कि पंडित आए या काज़ी?

सलाम लेते और देते हुए भी वे दोनों भूले नहीं थे कि शबनम 'सईद' है और साहिल 'सिंह'।

घरवालों का खून खौलाने के लिए दोनों का नाम ही काफी था। इस शादी के लिए परिवारवालों की अनुमति न मिलनी थी और न ही मिली।

दोस्त पहले भी तैयार थे और घरवालों के इनकार करने के बाद अब और ज्यादा तैयार हो गये थे। अक्सर होता भी है जिस फल को खाने की समाज वर्जना करता है उसे चखने को दोस्त सबसे ज्यादा उत्साहित करते हैं।

फिर भी शादी करना आसान नहीं था।

क्योंकि समाज की आलोचना करना आसान है पर उसके समानान्तर अपनी मर्जी का समाज खड़ा करना दूसरी बात। दोस्तों की मंडली में बैठे हुए इस समाज की परिकल्पना जितनी आसान होती है उससे कहीं ज्यादा मुश्किल होती है इस समाज की परिघटना।

यह मानव मन है। हताश होने के बावजूद आशा की कोई न कोई किरण कहीं न कहीं से खोज ही लेता है। सामान्य परिस्थितियों में जो लोग अनावश्यक लगते हैं वही आपात स्थिति में ईश्वर से जान पड़ते हैं। आशा की उसी किरण के सहारे साहिल को अपने एक परिचित की याद आई।

"अन्तर्जातीय विवाह पर बड़ा ओजपूर्ण भाषण दिया था उन्होंने, वो जरूर मेरी

मदद करेंगे। पर वहाँ शबनम को ले जाना ठीक नहीं है। कहीं नाराज ही न हो जाएँ...''

इसलिए साहिल अकेला ही उनके पास पहुँच गया...

भैया मैं एक परेशानी में हूँ...

''कहो क्या बात है?''

''मुझे समझ नहीं आ रहा मैं ठीक कर रहा हूँ या गलत?''

''ह्मम...''

''मेरे साथ ही लॉ कर रही थी, मेरी जूनियर है।''

''ह्मम...''

''हम शादी करना चाहते हैं।''

''हूमम...''

''घरवाले नहीं मान रहे।''

''तुम्हारी क्या इच्छा है?''

''मेरी इच्छा वही है जो...''

''क्या नाम है लड़की का?''

''जी, शबनम। शबनम सईद।''

''क्या? पूरे शहर में तुम्हें कोई और लड़की नहीं मिली।'' साहिल को जो ईश्वर से जान पड़ रहे थे उन भैया जी का चेहरा दैत्यों की भाँति आग उगलने लगा।

''पर भैया आप तो...''

''हम अन्तर्जातीय विवाह को प्रोत्साहन दे रहे हैं ताकि तुम जैसे युवा भटककर दूसरे धर्म में न जाएँ...और तुम...।''

''पर भैया...''

''पर वर कुछ नहीं। क्या धर्मान्तरण करोगे?''

''क्या जरूरी है? अगर जरूरी है तो...''

''नालायक! तुम जैसों के कारण ही हम सदियों से अपमान झेलते आए हैं। अगर रगों में एक राजपूत का खून है तो उसे अपने यहाँ लाओ। क्या कर सकोगे ऐसा?''

''हमें इस सबसे फर्क नहीं पड़ता। फिर भी कोशिश करूँगा।'' साहिल ने अपने प्रेम को अमर प्रेम साबित करते हुए मिसाल देनी चाही।

''अगर कर सकने की क्षमता है तो बताना, मैं काका जी से बात करूँगा।''

बहुत कम समय और उससे भी कम शब्दों में समाज का एक बहुत बड़ा पृष्ठ साहिल के सामने खुला। जिसकी चर्चा स्कूली पढ़ाई में तो कभी हुई ही नहीं थी, लॉ में भी इसका बहुत ज्यादा वर्णन साहिल ने नहीं पाया था।

पर उसे याद आया कि हमारे कानून में भी तो दूसरे धर्म में शादी करने की अनुमति नहीं है।

क्या प्रेम करते वक्त उसे धर्म और जाति के बारे में सोच लेना चाहिए था? अगर सोच लेता तो क्या प्रेम कर पाता... ?

पर क्या जरूरी है शादी करना? हम बिना शादी के भी तो ... पर नहीं... कहीं तो ठहरना ही होगा....

सवाल बहुत सारे थे...

साहिल अगले दिन फिर उन्हीं सज्जन के पास पहुँचा...

''भैया प्रणाम''

(साहिल को पता था कि भैया गुड मॉर्निंग से चिढ़ जाते हैं। इसलिए यहाँ वह प्रणाम ही किया करता था।)

''हाँ, मैंने काका जी से तुम्हारे बारे में बात की थी। उन्होंने कहा है कि शबनम हमारी बेटी जैसी है। हम नहीं चाहते कि हमारी बेटियों को यहाँ-वहाँ परेशान होना पड़े। कल उसे यहाँ ले आना अपने साथ।''

कुछ लोगों के क्रोध और प्रेम की लगाम भी उनके वरिष्ठों के हाथों में होती है। भैया जी का उस वक्त का क्रोध और इस वक्त का प्रेम इसी का प्रमाण था।

''सच... क्या वह मान गये...''

''हाँ...मानते क्यों नहीं... आखिर तुम जो इतना बड़ा कार्य करने जा रहे हो।

काका जी बहुत ज्ञानी हैं। वह जानते हैं कि यहाँ के ज्यादातर मुसलमान धर्मांतरण के बाद ही मुसलमान बने हैं। हमारा कर्तव्य है कि उनकी फिर से शुद्धि करके उन्हें अपने घर लौटने का अवसर दें... ।''

''मैं कल ही उसे यहाँ ले आऊँगा... फिर?''

''फिर की तुम चिन्ता मत करो। वह सब हम पर छोड़ दो। हम करेंगे लड़की का कन्यादान।''

''भैया...भैया, आप कितने अच्छे हैं। आपका यह उपकार मैं जिन्दगी भर नहीं भूलूँगा। आपने तो मुझे मेरी जिन्दगी ही लौटा दी... ।''

खुशी में पंख बने साहिल के कदम रुकते ही नहीं थे। वह बार-बार काका जी के प्रति नतमस्तक हो रहा था।

अपनी समस्या को गम्भीर बताते हुए साहिल ने शबनम को भैया जी और काका जी के पास जाने के लिए तैयार कर लिया। शुरू की कुछ मुलाकातों में तो शबनम का वहाँ एक पल भी ठहरने का मन नहीं किया, लेकिन प्यार करती थी और उसे अंजाम तक पहुँचाना चाहती थी इसलिए जैसा साहिल कहता गया वह करती गयी... ।

शबनम जानती थी कि उसके मम्मी–पापा को शहर भर से उसके और साहिल के बारे में भनक लगने लगी है। पर वह क्या करती... उसे कुछ सूझ नहीं रहा था। वह वही कर रही थी जो साहिल उसे करने को कह रहा था। और इस बारे में साहिल कुछ कह ही नहीं रहा था। सवाल यहाँ भी बहुत सारे थे...।

उसने जैसे–तैसे हिम्मत जुटाकर अपनी बड़ी बहन की मार्फत मम्मी–पापा के सामने अपने और साहिल के रिश्ते के बारे में बात की। मानो महायुद्ध से पहले शान्ति का अन्तिम सन्देश भेजा जा रहा हो।

इस शान्ति सन्देश का जवाब कुछ यूँ मिला, 'खबरदार जो एक साँस भी बाहर निकाली। तुम्हारी जुबान पर भी उस काफिर का नाम आना गुनाह है। हमने तुम्हें इतने लाड़–प्यार से पाला है। और उसका सिला ये... कि हमें शहर भर में तुम्हारी खबरें सुनने को मिल रहीं हैं। और सुना है आजकल तुम उन जलसे–जुलुसों वालों के पास भी जाकर बैठती हो....'

उफ्फ् कितनी संगदिल और बेरहम है ये दुनिया। हर बात के कितने मतलब निकाल लेती है। असल बात समझने की कोशिश ही नहीं करती... मेरे खुदा तू ही बता, अब मैं क्या करूँ...?

क्या वही.... पर क्या तब अम्मी, अब्बू की बदनामी नहीं होगी?

या अल्लाह! हमारी सात पुश्तों पर दाग लग जाएगा...!

नहीं, मुझे कुछ नहीं सूझ रहा...

पाँच दिन बाद शबनम और साहिल की शादी के तमाम इन्तजाम किए जा चुके थे। शादी शहर से बाहर एक मन्दिर में थी। उससे पहले शुद्धिकरण के लिए हवन होना था और शादी के बाद एक फाइव स्टार होटल में पार्टी...

दोनों ने अपने सभी दोस्तों को वहीं आने का निमन्त्रण दिया था। पर इस सबसे पहले शबनम को कुछ तैयारियाँ करनी थीं...

मसलन
अपने आप को सँभालना था
अपने अपनों को भूलना था
स्वाभिमान को मारना था
उन लोगों की हर बात को मानना था
और
उसे अब शीतल बन जाना था।

इन सबमें उसे ध्यान ही नहीं रहा कि उसके सेकेंड ईयर के एग्जाम आने ही वाले हैं।

वह बाहर से बहुत खुश थी कि उसका प्यार अपने अंजाम तक पहुँच रहा है।

पर भीतर से वह अकेली हो गयी थी।

पता नहीं क्यों, सारे कर्मकांड के दौरान उसे एक बार भी नहीं लगा कि उसके जिस्म में जान बाकी है।

पार्टी बहुत अच्छी रही। सारे दोस्तों का साथ पाकर वह एक बार के लिए अपने सारे दुख भूल गयी। साहिल भी।

इस नए समाज ने हाथों-हाथ उसका स्वागत किया। कई जगह उसे प्यार और बलिदान की मिसाल बताकर पेश किया गया, तो कईयों को अपने धर्म पर नाज होने लगा जहाँ उसे शरण मिली।

'हैप्पी मैरिड लाइफ', शुरू हो चुकी थी।

काका जी ने ही दोनों के रहने के लिए शहर से दूर दो कमरों का एक मकान किराए पर ले दिया था। पर इस घर में शबनम को आने की अनुमति नहीं थी। यहाँ सिर्फ शीतल रह सकती थी। सिर्फ शीतल। साहिल की शीतल। काका जी, भैया जी और जलसे-जुलूसों वालों की बनाई शीतल। शबनम के प्यार के अरमानों पर पैदा हुई शीतल।

शबनम के मर जाने पर उस घर में भी मातम मनाया जा चुका था।

साहिल की प्रैक्टिस में भी काका जी और भैया जी खूब मदद कर रहे थे। इसलिए शीतल उन्हें अपने अपनों की तरह सम्मान देने लगी थी।

और एक दिन ईद आई...

हर साल ईद पर आने वाली खुशियों को इस बार शबनम नहीं मिली। न अम्मी ने सिवईयों की मिठास दी और न अब्बू ने ईदी। पिछली रात जब शीतल बिस्तर पर लेटी थी तो उसने देखा था कि कोई उसकी खिड़की से झाँक रहा था। एक बार के लिए वह डर गयी... साहिल पास में ही लेटा था। पर गहरी नींद में था। उसने डर के मारे आँखें बन्द कर लीं और साहिल से और सटकर सो गयी। थोड़ी देर बाद उसकी आँख फिर खुली। वह परछाईं अब भी खिड़की से झाँक रही थी। इस बार उसका दुपट्टा लहरा रहा था।

शायद कोई औरत है, पर वो यहाँ क्यों झाँक रही है? होते हैं कुछ कुंठित लोग... उन्हें इस तरह नवविवाहितों के कमरे में झाँकने में ही..., शीतल ने महसूस किया। उसके शब्द ही नहीं भावनाओं में भी अब शबनम आने की हिम्मत नहीं जुटा पाती। उसका रहन-सहन, खाना-पीना और बोलने-बातचीत का अंदाज भी वैसा ही हो गया है, जिन्हें उसके अब्बू जलसे-जुलूसों वाला कहा करते थे...

यही सोचते हुए शीतल हिम्मत करके उठी। धीरे-धीरे खिड़की की तरफ गयी। पर अन्धेरे में कुछ भी साफ-साफ दिखाई नहीं दे रहा था।

चूड़ीदार पायजामी, कलाई तक ढकी बाजुओं वाला कुर्ता, लहराता हुआ

दुपट्टा... ये तो...शबनम... उस परछाईं का चेहरा चाँद में बदल गया। और परछाईं चाँदनी की तरह शीतल के सामने छिटक गयी।

चाँद की इस सुन्दर रात में शबनम कहाँ से आ गयी? उसे तो यहाँ आना ही नहीं चाहिए था... वहाँ जहाँ उसके शब्द भी नहीं पहुँच पाते, वह कैसे पहुँच गयी?

ये तो ईद का चाँद है! इसका मतलब रोज़े पूरे हो गये। पर मैंने तो इस बार...।

कुछ भी हो, कल जरूर जाऊँगी ईद की नमाज़ अता करने।

ये परवरिश के वो निशान थे जो शुद्धियों के तमाम पाखंड के बाद भी मिट नहीं पाए थे। आस्था की कुछ लकीरें हमारे जन्म से लेकर मरने तक हमारे साथ रहती हैं। माहौल सकारात्मक हो तो वह प्रफुल्लित होती हैं और अगर नकारात्मक हो तो बरगद की जड़ों की भाँति भीतर ही भीतर फैला करती हैं।

पर क्या साहिल...?

नहीं, नहीं वो क्यों मना करेंगे? भला उन्हें इससे क्या ऐतराज? मस्तिष्क को मथते हुए शादीवाली रात के तमाम वायदे शीतल को एक बार फिर से याद हो आए।

पर आज की सुबह वैसी नहीं थी जैसी तस्वीर उसने बनाई थी। न ईद मिली न नमाज... मिली तो एक जिन्दगी जो अपनी तमाम वास्तविकताओं के साथ उसे जीने को प्रेरित कर रही थी।

साल के भीतर ही शीतल की गोद भरी और वह और ज्यादा बिजी हो गयी। साहिल की प्रैक्टिस अच्छी चलने लगी थी। इसलिए वह और खुश रहने लगी थी। कभी-कभी ख्याल आता कि उसने पढ़ाई बीच में ही न छोड़ दी होती तो वह भी आज साहिल की तरह जानी-मानी वकील होती।

पर क्या हुआ जो लॉ पूरा नहीं हो पाया। वह कुछ न कुछ तो कर ही सकती है। आखिर वह ग्रेजुएट है। और कितनी ही लड़कियाँ ऐसी हैं जो ग्रेजुएशन के बाद ही अच्छी नौकरी कर रही हैं।

शीतल हर रोज अखबार में नौकरी के विज्ञापन देखती और सँभावित नौकरी के समयानुसार शेष बचे समय में घर के काम का शेड्यूल बनाती। पर जब बारी एप्लीकेशन फॉर्म भरने की आती तो वह परेशान हो जाती। वह शीतल सिंह के नाम से फॉर्म भरती मगर उसके पास कुछ भी तो नहीं था जिससे शीतल सिंह पढ़ी-लिखी साबित होती। शीतल सिंह की डेट ऑफ बर्थ भी तो उसे ठीक तरह से पता नहीं थी।

एक बार साहिल ने कुछ कानूनी दावपेंच समझाए थे जिनके बाद वह शबनम के सर्टिफिकेट शीतल के बायो-डाटा में इस्तेमाल कर सकती थी। और शहर की कई ऐसी लड़कियों के उदाहरण भी दिए जो आज मजे से सरकारी नौकरी तक कर रही हैं। मगर मन न माना। सारे दावपेंच एक तरफ और मन की मनाही एक तरफ। कर लो क्या करोगे!

शेष बचा अवसाद और घोर निराशा।

क्या मैं किसी काबिल नहीं? दोनों में से एक भी जिन्दगी मेरे काम नहीं आएगी।

नौकरी नहीं तो क्या हुआ, मैं कुछ और कर सकती हूँ। कोई रेस्टोरेंट, कोई कैफेटेरिया या फिर कोई बुटीक। हाँ बुटीक ठीक रहेगा। पर उसे शुरू करने के लिए कुछ तो पैसा चाहिए ही... साहिल के पास तो वैसे ही...

जब कुछ न हो सका तो उसने बच्चों को ट्यूशन पढ़ाना शुरू कर दिया। अपना खर्चा भी निकलेगा और बुटीक के लिए पैसे भी जमा हो जाएँगे।

पैसे जमा करना मुश्किल तो था पर इतना मुश्किल होगा इसका पहले उसे अन्दाजा नहीं था। फिर भी उसकी इच्छा उसका सम्बल बनी। महीनों बीत जाने के बाद लगने लगा कि उसकी इच्छा पूरी हो जाएगी और उसने अपने बुटीक के ख्वाब बुनने शुरू कर दिए। ख्वाब बुनते वक्त साहिल हमेशा उसके साथ होता था, पर उनकी परिघटना पता नहीं कैसी होती थी, मायूस सी... कड़म के बासी पत्तों जैसी... ओस की एक बूँद भी नहीं...

एक दिन ब्रेकफास्ट टेबल पर बैठे हुए उसने शीतल से सवाल किया, "शीतल अब तो तुमने पैसे भी जमा कर लिए हैं। कल जाकर हम तुम्हारे बुटीक के लिए दुकान पसन्द कर आएँगे। पर तुमने सोचा है कि तुम उस बुटीक का क्या नाम रखोगी?"

"इस बारे में तो मैंने कभी सोचा ही नहीं। पर हाँ क्या नाम रखूँगी मैं उसका?"

"कोई अच्छा-सा नाम होना चाहिए..."

"जैसे... ?"

"जो तुम्हें बड़ा अपना-सा लगे..."

"अच्छा चलो मैं चलता हूँ। मुझे देरी हो रही है। तुम सोचना क्या नाम होगा तुम्हारे बुटीक का?" नैपकिन से हाथ पोंछते हुए साहिल कुर्सी से उठा और कोर्ट के लिए निकल पड़ा।

इधर शीतल बुटीक के नाम के बारे में सोचने लगी...

क्या नाम होगा? साहिल ने कहा था जो मुझे बड़ा अपना-सा लगे।

कौन है मेरा अपना

साहिल, वो तो है ही

मेरी बेटी, हाँ वो भी है

पर..., पर कुछ और होना चाहिए

जिसका अहसास ही मेरे ज़हन से निकले
क्या हो सकता है ऐसा?
मेरा प्यार? मेरी पसन्द? मेरी अना?
हाँ अना

मेरी अना ही तो है जिसके लिए मैंने खुद मेहनत की और अपने पैरों पर खड़ी होने जा रही हूँ।

अना, अना बुटीक
यही नाम होगा मेरे बुटीक का।
साहिल सुनेंगे तो कितने खुश होंगे।

साहिल घर लौटा तो शीतल की खुशी का ठिकाना न था। शीतल ने खुशी से बाहें फैलाए साहिल का स्वागत किया। अपनी दोनों बाहें उसके गले में डालते हुए वह लगभग झूल-सी गयी।

"बताओ क्या बनाऊँ आज खाने में? आज सबकुछ आपकी पसन्द का बनेगा।"

"क्या बात है? बहुत खुश नजर आ रही हो?"

"खुश तो होऊँगी ही। इतना बड़ा काम जो किया है आज।"

"अरे वाह, जरा हम भी तो सुनें ऐसा क्या कमाल कर दिया हमारी 'मैडम' ने।"

"याद कीजिए, सुबह आपने क्या काम सौंपा था हमें?"

"तुम्हारा खिला हुआ चेहरा देखकर मैं तो सबकुछ भूल गया। अब तुम ही बताओ प्लीज।"

महिलाओं को टरकाते समय अकसर पुरुष जो हल्के-फुल्के सवाल उन्हें उलझाने के लिए पूछ लेते हैं, महिलाएँ उन्हें भी बड़ी गम्भीरता से ले लेती हैं। और पुरुष की मनःस्थिति इसके ठीक उलट। नतीजतन साहिल को भी बहुत ज्यादा कुछ याद नहीं था।

"मैंने अपने बुटीक का नाम ढूँढ लिया है।"

"सच, क्या नाम सोचा है?"

"आपने कहा था न कुछ ऐसा होना चाहिए जो बिल्कुल मेरा अपना-सा हो।"

"हाँ कहा तो था।"

"तो अन्दाजा लगाइए क्या हो सकता है?"

"अन्दाजा तो लग रहा है। पर तुम बताओगी तो ज्यादा खुशी होगी।"

"अना, मेरी अना, अना बुटीक, और सुनो हम अपने बुटीक का उद्घाटन

काका जी से ही करवाएँगे। कितनी मदद की है उन्होंने हमारी।''

''अना...! ये क्या नाम हुआ?'' कहते, कहते साहिल ने शीतल की खुशी का बिस्तरा गोल कर दिया।

''अना यानी कि मेरी अना, सेल्फ रेस्पेक्ट।''

''ओह् तो तुम सेल्फ रेस्पेक्ट का झंडा गाढ़ना चाहती हो? और ये अना, टना नाम रखा न, तो आ गये काका जी तुम्हारे बुटीक का उद्घाटन करने। क्या तुम जानती नहीं उन्हें मुस्लिम नाम से भी चिढ़ है?''

''चिढ़ है! तो फिर मैं...? और फिर इसमें झंडा गाड़ने वाली कौन सी बात हो गयी?''

''तुम शीतल हो, शीतल।''

''लेकिन मैं तो शबनम...''

''ठीक है तुम शबनम भी थीं पर अब तुम शीतल हो, देखो बात की व्यवहारिकता को समझो। नाम से भला तुम्हें क्या फर्क पड़ता है। नीना, मीना कुछ भी रख लो... और तुम जानती हो काका जी के कितने अहसान हैं हम पर उन्होंने ही तो हमारे प्यार को...'' कहते हुए साहिल शीतल को अपने पास ले आया।

'ईना, मीना, टीना... और मेरी अना साहिल के लिए सबकुछ एक बराबर है!' मनों की दूरी का यह अहसास शबनम ने तब किया जब साहिल ने विवाद का अन्त करने की कोशिश में उसे अपने सीने से बिल्कुल सटा लिया था।

साहिल की कोई भी बात मानने का इस बार शबनम का मन न हुआ। मन ने फिर पटखनी दी। बुटीक का नाम उसे आत्म-स्वाभिमान का प्रतीक लगने लगा था। और वह उस प्रतीक को आकार लेते देखना चाहती थी।

बुटीक और बुटीक का उद्घाटन उसके लिए गौण होते जा रहे थे।

परिस्थितियाँ कितनी जल्दी बदल जाती हैं। आज से ढाई वर्ष पहले जब उसकी गोद में नन्हीं बेटी आई थी तब उसे देखकर, उसके लिए उसका नाम गौण हो गया था और अब जब बुटीक की बारी है तो उसके लिए नाम ही प्रमुख हो गया और बुटीक गौण? यह सजीव और निर्जीव के बीच का भेद है या फिर प्रतिभिज्ञा का!

सोचने लगी तुम्हारे धार्मिक तुष्टिकरण से मैं कब तक सन्तुष्ट होऊँ।

आखिर मेरा भी कोई वजूद है। मेरा वजूद कब तक समाज सुधार का उदाहरण बनकर पेश होता रहे। मैं जिऊँगी साधारण जिन्दगी। आम औरत की आम जिन्दगी।

एक तरफ स्वाभिमान का प्रतीक था, दूसरी तरफ अपने प्रिय की अनिच्छा का सम्मान। स्वाभिमानी स्त्री भी आखिर होती तो स्त्री ही है। फिर अचानक एक मध्यमार्गी विचार ने उसके मस्तिष्क में प्रवेश किया, क्या बिना साइन बोर्ड के बुटीक नहीं चल सकता....

अब बुटीक किसी दुकान में नहीं, इसी घर के एक कमरे में खुलेगा। बजट भी घटेगा और विवाद भी।

बुटीक की तैयारियाँ होने लगीं, मास्टर ढूँढ लिए गये, मशीनें खरीद ली गयीं... देखते ही देखते उस घर के ही एक कमरे में ग्राहकों का ताँता लगने लगा। शीतल ने एक तरफ की दीवार पर लकड़ी के रैक बनवा लिये और दूसरी तरफ हैंगर टाँग दिये। बिना सिले कपड़े रैक में रहा करते और तैयार कपड़े हेंगर में इठलाने लगे।

शीतल का आत्मनिर्भरता का सपना पूरा होकर दिनों-दिन बढ़ने लगा था। अब वह साहिल के लिए बुटीक बन्द होने के बाद ही समय निकाल पाती थी। ऐसे में उसकी कोई भी बात अब उसे न तो बहुत ज्यादा हर्षाती थी और न ही बहुत ज्यादा चुभती थी। वह अपने काम में मसरूफ थी। इधर काका जी समाज सुधार के निमित्त डोडा प्रवास पर थे।

शीतल के बुटीक से तैयार कपड़ों के चर्चे दूर-दूर तक थे। काम बढ़ता देख उसने घर के साथ लगते एक और घर के दो कमरे और खरीद लिये थे। एक कमरे से शुरू हुई कपड़े सिलने की दुकान तीन कमरों के शानदार बुटीक में तब्दील हो चुकी थी। हैंगर पर टँगे कपड़े अब केशहीन डमियों ने पहन लिए थे।

इस व्यस्तता में कोई पूछता ही नहीं था कि इस बुटीक पर साईन बोर्ड क्यों नहीं है? न शबनम, न शीतल...।

108वाँ मनका

यह दशम अखाड़े के साधुओं का मठ था। इस मठ में यूँ तो हिन्दुस्तान के हर हिस्से से आए साधु रहा करते थे, लेकिन उनमें बिहार से आए साधुओं की संख्या औरों की तुलना में ज्यादा थी। एक बार इस बहुमत का कारण पूछा तो उनमें से एक ने बड़े ही निर्विकार भाव से उत्तर दिया, 'क्योंकि बिहार में विरक्ति के कारण ज्यादा हैं। वहाँ कर्तव्य और अकर्तव्य की लम्बी शृंखला ने ही जीवन को जटिल बना दिया है। इस जटिलता में जीवन का रस जब खत्म होने लगे तब क्या किया जाए?

'सदाचार के प्रतिबन्ध न वहाँ के कानून में हैं और न ही किसी ग्रन्थ में इनका उल्लेख है। बस, जिस बात को सुनकर आपके पड़ोस की आँखें फट जाएँ और मुँह पूरा खुल जाए, समझ लीजिए वही पाप है। ये भाँति-भाँति के पाप जब आप नहीं ढो पाते तब वैरागी हो जाने से उत्तम दूसरा कोई मार्ग नहीं...'

...यहाँ एक साधु ऐसा भी था जिसे सभी साधु 'सन्त जी' कहकर पुकारा करते थे। उसकी छवि मठ में सम्मान का पर्याय बन गयी थी। इसी छवि के तख्त पर चढ़कर वह औरों से ज्यादा ऊँचा दिखने लगा था। उसकी ऊँचाई में इतनी पवित्रता जन्म चुकी थी कि किसी की भी ईर्ष्या उससे टकराकर टुकड़े-टुकड़े हो काँच की मानिन्द बिखर सकती थी। इस पवित्रता को सबके स्नेह ने और भी अक्षुण्ण बना दिया था।

अभी तक इस मठ में केवल पुरुषों के रहने की ही अनुमति थी। पर उस दिन पहली बार इस मठ में एक तेज आँधी आई...

"स्त्री!"

"स्त्री और मठ में?"

"नहीं नहीं!"

"हे ईश्वर!"

"यह उचित नहीं"

"कहाँ से आई हो तुम?"

"क्या दुख है तुम्हें?"

"यह मठ परम्परा का अपमान है"

"आदि..."

"आदि..."

...मठ में आयी इस आँधी का नाम था वैदेही। हर एक को उसके मठ में आने पर घोर आपत्ति थी। कुछ इसे मठ परम्परा का अपमान बता रहे थे तो बहुतों का वैराग्य उसकी गौर वर्ण कोमल देह को देखकर पटखनी खाने लगा था। विरोध में पटखनी खाने वालों की जुबान कम और आँखें ज्यादा नाच रही थीं। उनकी आँखों में वैदेही की देह अब तक कई बार नप चुकी थी।

...और वैदेही चुपचाप आँधी को समेटे मठ के द्वार पर ही खड़ी थी। उसकी झुकी हुई पलकें अपने आपको छुपाने का भरसक प्रयास कर रही थीं।

इस बात से अनजान कि झुकी पलकें अब तक एक भी वैदेही को नहीं छुपा सकी हैं...

'सन्त जी' पास ही एक पेड़ के नीचे बैठे थे, लेकिन उनकी समाधि ने उन्हें इतना दूर कर दिया था कि इस तेज आँधी की धूल भी उन तक नहीं पहुँच पा रही थी।

...या पहुँचना नहीं चाह रही थी।

वैदेही की आँधी 'सन्त जी' की समाधि का द्वार खटखटाने लगी, तो 'सन्त जी' को आना ही पड़ा। फैसला अब दो गुटों के बीच होना था...

पहला गुट, जिसमें मठ के सारे साधु, उनके विरोध, परम्पराओं की दलीलें और नाचती आँखें खड़ी थीं और दूसरे गुट, में वैदेही और बस एक जोड़ी झुकी हुई पलकें, उसकी देह को छुपाने के प्रयास में। इन दोनों गुटों के बीच निर्णायक की भूमिका में थे सन्त जी, एक ऊँचे आसन पर विराजमान...

...सन्त जी ने बड़ी मृदुता से पूछा, "ऐसी कौन-सी स्थिति थी जिससे बचने के लिए तुम्हें यहाँ आना पड़ा?"

सन्त जी के प्रश्न में वैदेही की उम्र का पूर्वाग्रह भी शामिल था।

एक के बाद एक सन्त जी ने कई प्रश्न किए, किन्तु हर प्रश्न के जवाब में वैदेही की झुकी पलकें उठतीं... थोड़ा कँपकँपाती... और फिर झुक जातीं। उनके झुकने के बाद दोनों आँखों के कोणों से अविरल धारा बह निकलती। इस धारा ने सन्त जी और मठ के किसी सवाल का उत्तर तो नहीं दिया, किन्तु मठ में कुछ देर पहले उमड़ी आँधी पर हल्की बरसात कर दी।

-अब बवंडर बार-बार नहीं बन रहे थे, पहले गुट की आँखों का नाचना भी कम हो गया था।

उनके स्थान पर अब ऐसी सहानुभूति टहलने लगी जो किसी बेजुबान जानवर

के जख्मी हो जाने पर किसी के भी मन में उठ खड़ी होती। इस सहानुभूति ने वैदेही को मठ के परिसर में रहने की अनुमति दिलवा दी।

...यह मठ की परम्पराओं में एक वर्जना का टूटना था। इस टूटन से होने वाले 'जान-माल' के नुकसान को कम करने के लिए सन्त जी ने वैदेही के लिए एक अलग कुटिया बनाने का आदेश दिया। इसी आदेश के साथ एक और आदेश नत्थी कर दिया गया कि जब तक वैदेही की कुटिया तैयार नहीं हो जाती तब तक सभी साधु मठ के प्राँगण में रहेंगे और भीतर रह रही वैदेही की सुरक्षा और शुचिता का दायित्व सभी पर होगा।

यह आदेश सिर्फ साधुओं के लिए ही था। ऐसा उसे तब लगा जब उसने आधी रात को दो सेवकों को कुटिया के बाहर अश्लील कानाफूसी करते हुए सुना।

...वैदेही की कुटिया तैयार हो चुकी थी। मठ के छोटे-मोटे कामों की जिम्मेदारी भी अब वैदेही को दे दी गयी थी।

पुरुषों के मठ में एक स्त्री होने के नाते वैदेही की स्थिति तनावपूर्ण किन्तु नियन्त्रण में थी। इन दिनों सन्तों की वाणी से वह अनुभवों का मैल धोने का प्रयास जुटा रही थी।

इस सबमें सबसे ज्यादा सम्बल उसे सन्त जी के आशार्वाद का था। उनकी इच्छा के विरुद्ध मठ का पत्ता भी हिलने में संकोच करता था।

सर्दियों की कँपकँपाती सुबहों से पहले वैदेही मन्दिर में पहुँच जाती। सेवा भाव, मठ की परम्परा और पूजा अर्चना के दायित्वों के पीछे युवा मन का उल्लास अभी जीवित था। शरद की ठंडी रातें अब अलविदा कहने की तैयारी में थीं और वसन्तोत्सव की तैयारियाँ हर ओर झूम रही थीं।

सिवाए मठ के...

सरस्वती मन्दिर इनके बीच सेतु कहा जा सकता था, जो मठ का हिस्सा भी था और वसन्तोत्सव की तैयारियों का भी। देवी सरस्वती की आराधना के लिए वैदेही विशेष तैयारियों में लगी थी। इन्हीं तैयारियों में उसने सन्त जी से प्रसाद रूप में केसर का हलवा बनाने की विशेष अनुमति ली। सभी साधुओं को इस आयोजन में आमन्त्रित कर वसन्तोत्सव की तैयारियों को वह मठ की दहलीज के भीतर खींच लाई।

...वसन्तोत्सव के पीले फूल मठ में वसन्त की बयार ले आए। सुबह-सवेरे मन्दिर की घंटियों ने उत्सव का संदेश हवाओं पर सवार कर दिया। वसन्त राग में हुई देवी आराधना ने मठ के उबाऊ पर्यावरण में युवा मन के उल्लास तैरा दिए।

इस उल्लास में बहुतों ने अपने वैराग्य से पहले के दिन याद किए तो कुछ शाम के ढलने तक उन्हीं उत्सवी दिनों की 'एलबम' खोले रहे...

वैराग्य में उल्लास की बात करना पाप है तो आज मठ में जमकर पाप हुआ।

उत्सवी शाम के विदा लेने पर वसन्तोत्सव का समापन भी हो गया। इसी के साथ कुछ वैरागियों ने ईमानदारी से उस उल्लास का भी विसर्जन कर दिया जो अनजाने में उनके भीतर उठ खड़ा हुआ था।

मठ का एक कोना अब भी ऐसा था जहाँ न वसन्तोत्सव पहुँचा था और न ही उसके विदा लेने की दरकार थी। यह कोना सन्त जी की साधना का था। वे तब भी ध्यान में लीन थे और अब भी। इस कोने पर न किसी को आश्चर्य था और न ही कोई आपत्ति। सन्त जी की छवि यह बताने के लिए तैयार खड़ी थी कि वे ऐसे ही हैं।

देवी के द्वार पर पर्दा डालकर वैदेही निकली ही थी कि एक सेवक को उसने खुद पर लालायित हुआ पाया। उसकी आँखें बता रही थीं कि वह बहुद देर से इसी ताक में था।

इस रात में वैदेही खुद को निःसहाय महसूस कर काँप उठी।

इस आपातकाल का सामना करने के लिए अपने भीतर की ऊर्जा वह समेट ही रही थी कि अचानक 'सन्त जी' वहाँ आ पहुँचे...

'कैसी हो वैदेही?'

'जी आपका आशीर्वाद है।'

'सन्त जी' के आते ही सेवक के भावों ने पूरी तरह सेवक रूप धारण कर लिया। और सन्त जी सहित वैदेही को प्रणाम कर अपनी राह मुड़ गया।

वैदेही ने मन ही मन 'सन्त जी' का आभार व्यक्त किया और उन्हें दिन भर का वृतान्त बताया, 'सुबह-सवेरे मन्दिर की सफाई... देवी स्नान... श्वेत वस्त्र... वसन्त राग... आराधना... केसर का हलवा...उमंग... उत्साह... आदि... आदि...'

दिन फिर बीतने लगे। मठ की सुबहें अक्सर सामान्य होती थीं, किन्तु कोई भी रात कहीं असामान्य न हो जाए यह डर वैदेही को अब निश्चिन्त नहीं होने दे रहा था।

हालाँकि वैदेही की स्थिति अब मठ में सभी के लिए स्वीकार्य थी। मठ के इस सदस्य को सर्वसम्मति से कुछ और जिम्मेदारियाँ दे दी गयीं। अपने कामों में लगी वैदेही की दिनचर्या अब और भी व्यस्त होने लगी।

रात्रि का भय भी भाटे की ओर था कि अचानक वैदेही की गोरी देह को किसी काली परछाईं ने दबोचने का प्रयास किया। अमावस की रात की कालिमा में वैदेही परछाईं का चेहरा नहीं पहचान पाई और छीना-झपटी में उसके गले की माला वैदेही के हाथ से टूट गयी...

प्रेयसियाँ चाँद की मनुहार करती होंगी और किया करें। लेकिन जो खुद ही श्राप ग्रस्त है वह मेरी रक्षा क्या करेगा? वैदेही ने आत्मालाप किया। गलती चाँद की और अमावस का कलंक रात के सिर।

खुद पर शोक मनाती वैदेही बार-बार सन्त जी को याद कर रही थी, आज सन्त जी क्यों नहीं आए? अचानक! उसकी शुचिता की रक्षा के लिए। आखिर कौन था वह? वही सेवक तो नहीं जो उस रात... ?

सन्तों की कुटिया में दरवाजे नहीं होते जिन्हें बन्द किया जा सके, वैदेही को आज पहली बार यह एहसास हुआ।

कच्ची मिट्टी पर बिना बिछौने के लेटी तो मालूम हुआ कि उसका दिल अब भी बहुत तेज धड़क रहा है।

सुबह स्नान के बाद जब देवी आराधना को मन्दिर में आयी तो द्वार पर ही पिछली रात की घटना उसके पैरों में काँच की तरह चुभने लगी। इस चुभन में उसे माला के कुछ मनके भी महसूस हुए। एक-एक कर वैदेही ने मिट्टी से 106 मनके उठाए। ये सभी परछाई के भागने की दिशा में छितरे हुए थे।

दुर्घटना के इन गवाहों को वैदेही ने अपने पल्लू में बाँध लिया। इनके साथ के दो गवाह अब भी गुमशुदा थे। जिन्हें तलाशना जरूरी था।

आज उसका ध्यान देवी आराधना में नहीं लग रहा था। उसे अपने सामने शस्त्रधारी देवी नहीं, कोमलांगी स्त्री नजर आ रही थी। क्या आराधना करे वह उसकी? या कि करे अनुताप, अपने और उसके स्त्री होने का... ?

वैदेही का मन किया कि वह पल्लू की गाँठ में बँधे सारे के सारे 106 गवाह 'सन्त जी' के हवाले कर दे। ये खुद बताएँगे बीती रात की घटना।

पर इससे पहले वह अपनी गीली आँखों और क्षोभग्रस्त चेहरे को पानी से धोना चाहती थी।

पर यहाँ तो उससे पहले ही कोई और पहुँचा हुआ था। कुएँ की मुँडेर पर गवाहों की कड़ी का 107वाँ मनका पड़ा था...

क्या परछाईं की आँखें भी गीली थीं और चेहरा क्षोभग्रस्त?

आँखों में पानी ही था तो फिर क्यों आया था मुझ तक मन का मैल लिए? और फिर क्यों पहुँचा कुएँ की मुँड़ेर तक?

वैदेही के इन सारे सवालों का जवाब माला का वह आखिर मनका ही दे सकता था, जो अभी तक नहीं मिला था। क्या करे? कहाँ जाए? शायद सन्त जी ही कर सकें कुछ सन्धान।

अपने आपको टटोलती-मथती वैदेही सीधे सन्त जी की कुटिया की तरफ दौड़ पड़ी।

द्वार पर पहुँची ही थी कि उसके पैरों में एक जानी-पहचानी चुभन महसूस हुई। नीचे झुकी तो देखा यह माला का 108वाँ मनका था। गवाहों की कड़ी का आखिरी गवाह। खुद सारी कहानी बयान करता हुआ...

शो पीस

बड़ा ढीठ है वीरेन्द्र सिंह। काजी मोहल्ले के मुसलमान भाई उसे कबसे समझा रहे थे कि इस वीडीसी-फीडीसी के चक्कर में न पड़े। पर वह मजबूर तीन बेटियों गुड़िया, सीमा और राजी का बाप और उन बेटियों की खूबसूरत माँ का काफिर पति था। पहाड़ी गाँव की पगडंडियों पर काफिरों को पड़ने वाली गालियाँ सुनने की तो उसकी आदत हो चुकी थी पर अब हालात बर्दाश्त के बाहर होते जा रहे थे। तीनों की तीनों कमबख्तों ने माँ के से नैन नक्श पाए थे। इनमें सबसे बड़ी गुड़िया भी अब गुड़िया न लगती थी। उसकी देह के कटाव अपनी माँ जैसा उभार लेने को आतुर दिखाई पड़ते थे।

सुरक्षा बलों के बहुत समझाने पर भी शुरुआत में वह सकुचा रहा था, क्योंकि जिनके खिलाफ मोर्चा खोलना था उनमें से कई के रिश्तेदार उसे अक्सर बस के अड्डे पर या बाजार में मिल जाया करते थे। थक-हार के एक दिन वह ट्रेनिंग के लिए तैयार हो गया। गाँव के सरपंच के साथ उस जैसे और पाँच काफिर तैयार किए गये विलेज डिफेंस कमेटी के वास्ते।

विलेज डिफेंस कमेटी ने मोर्चा पूरी तरह सँभाला भी नहीं था कि हिन्दुओं की एक बारात का नरसंहार कर दिया गया। एक-दूसरे पर खून से लथपथ पड़ी लाशों में सेहरे से पहचाना गया कि बारात किसकी थी। वीरेन्द्र सिंह का रहा सहा संकोच भी अब जाता रहा। अबकी बार उस मूर्ख ने तय कर लिया कि जिएँगे तो सिर उठाके। इधर वीरेन्द्र सिंह का हौसला, उधर उसकी पत्नी का डर दिनों-दिन बढ़ता जा रहा था। इसी हौंसले में एक दिन वीरेन्द्र सिंह ने पड़ोस के घर की मुखबिरी कर दी।

पड़ोस के मकान में हुई उस दो तरफा गोली-बारी के बाद एक लाश और एक अधमरा जिहादी फौजियों के कब्जे में था। अलबत्ता नुकसान मकान के बाहर की फौज का ज्यादा हुआ था, पर फिर भी मुखबिरी के ईनाम में वीरेन्द्र सिंह की पीठ पूरे गाँव के सामने थपथपाई गयी। अब वीरेन्द्र सिंह का सीना, उसकी बीवी और तीनों बेटियाँ जिहादियों के निशाने पर थीं। पीठ थपथपाये अभी तीन रोज भी न हुए थे कि

आधी रात को धड़धड़ाते हुए वीरेन्द्र सिंह का दरवाजा तोड़ दिया गया। आतंकियों ने पहले राजमा की दाल पकाने वाली कच्ची रसोई के साथ फिर उस रसोई की गरीब मालकिन के साथ मनमानी की। विरोध करने पर एक गोली वीरेन्द्र सिंह के सीने के पार कर दी गयी। मरे हुए बाप और उजड़ी माँ पर जब बच्चियों ने चीख-पुकार शुरू की तो अगली गोली राजी के कन्धे को चीरती हुई गुड़िया की टाँग में जा धसी। चीख-पुकार में पता ही नहीं चला कि सीमा बेहोश है या मर गयी। सारे परिवार की सामुहिक चिता हिन्दू मोहल्ले के लिए सबक बने, इसके लिए घर को आग के हवाले कर दिया गया। नवनिर्मित वीडीसी का हौंसला डगमगाया था पर इतना भी नहीं। जिहादियों के निकल जाने के बाद सबने मिलकर आग बुझाई। तब तक सुरक्षा बलों की गाड़ियाँ भी वहाँ पहुँच गयीं।

अधजले मकान से वीरेन्द्र सिंह और उसके परिवार को निकाला गया। वीरेन्द्र सिंह ने अपने घर में ही और 60 फीसदी से ज्यादा झुलस चुकी उसकी पत्नी ने कुछ दिन बाद अस्पताल में दम तोड़ दिया। खुशकिस्मती से सीमा को कुछ न हुआ इसलिए वह सुरक्षाबलों की बहादुरी का सबूत बनने के लिए परफेक्ट थी। गुड़िया और राजी का अभी अस्पताल में इलाज चल रहा था। गोली राजी के कन्धे से आर पार निकलकर सुराख बना गयी थी और गुड़िया की एड़ी लगभग टूट चुकी थी। जाँघ से मांस निकालकर उसे भरने के लिए डॉक्टर पूरी कोशिश कर रहे थे। राजी के कन्धे का सुराख साफ-साफ दिखाई देता था। सुरक्षा बलों के ऑपरेशन पराक्रम की एलबम के लिए राजी के इस घाव के कई फोटो खींचे गये।

चार साल की अबोध राजी ने अपने घर में बिजली का बल्ब भी ठीक से नहीं देखा था, धड़ाधड़ फोटो खींचते कैमरे की चमक से वह इतना डर गयी कि अगले तीन दिन तक हर इंसान को देखकर वह बेतहाशा रोती। इसके बावजूद सुरक्षा बलों का वह मानवीय दस्ता उन दोनों को प्रेस कॉंफ्रेंस के लिए तैयार करने की पूरी कोशिश कर रहा था। अभी तक एक भी अखबार में वह अपनी बहादुरी को सचित्र प्रकाशित नहीं करवा पाए थे।

जख्म भरने से पहले दवाओं में सनी पट्टियों में लिपटी गुड़िया और राजी को मीडिया के सामने पेश किया गया। गुड़िया और राजी बात करने की हालत में नहीं थीं। इसलिए मीडिया को यह हिदायत दी गयी कि वे पहले नाश्ता कर लें फिर जो कुछ बचे तो पीआरओ से पूछ लें। तस्वीरें प्रेस नोट के साथ नत्थी कर दी जाएँगी।

अनुशासित प्रेस कॉंफ्रेंस और पौष्टिक नाश्ते के बाद अखबारों में जो खबर छपी उसमें सुरक्षा बल काफी बहादुर, चुस्त और देशभक्त साबित हुए। तस्वीरों में गुड़िया और राजी का घाव और दशहतज़दा चेहरा आतंकियों की बर्बरता का सबूत

था। सीमा खुशकिस्मती से बच गयी थी इसलिए उसे उसके एक पड़ोसी ने अपने पास रख लिया जिसे खेत और घर के काम में हाथ बँटाने के लिए किसी की जरूरत थी।

खबर छपने के बाद कपड़े और खाने के पैकेट लिए कई विशाल हृदय लोग गुड़िया और राजी की तलाश में सुरक्षा बलों के सम्पर्क में आए। राजी के घाव और उसकी अबोध उम्र ने लोगों को भीतर तक झिंझोड़ दिया। आतंकियों की करतूत को दिल से कोसते इन लोगों ने काकी को गोद लेने की पेशकश की।

माँ और बाप दोनों को गवाँ चुके इन बच्चों से मिलने जब कोई रिश्तेदार नहीं आया तो सुरक्षा बल भी यही चाहने लगे कि इन्हें कोई समर्थ अभिभावक मिल जाय। एक-एक लड़की लेने के लिए कई अपीलें आईं परन्तु वे चाहते थे कि दोनों बेटियां एक साथ एक ही जगह पर रहें। ऐसे में गैर सरकारी संस्था से जुड़ी समाज सेविका रेखा दीदी की अपील सुरक्षा बलों को रास आ गयी। जहाँ आतंकवाद से पीड़ित और भी कई बच्चियाँ रह रही थीं। पूरी तरह घर जैसे माहौल में। कई राजनीतिक और गैरराजनीतिक लोगों ने भी जब इस संस्था की गारंटी ली तो स्थिति उनके पक्ष में हो गयी। आखिरकार गुड़िया और राजी को रेखा दीदी के मातृत्व की छाया मिल गयी। राजी का भोलापन रेखा दीदी को मोहित करता था। अभी जख्म भी हरे थे। इसलिए उन्होंने संस्था की बाकी लड़कियों के साथ मिलकर गुड़िया और राजी की खूब सेवा की।

दोनों मरीज अब सैन्य अस्पताल से निकल कर सामान्य अस्पताल में आ चुके थे जहाँ मीडिया की आवाजाही ज्यादा आसान थी। अब आए दिन गुड़िया और राजी की कहानियाँ अखबारों में छपने लगीं। पर अब इन खबरों का इंट्रो रेखा दीदी की निस्वार्थ सेवा से शुरू होता था। कब, क्या हुआ बताते-बताते राजी डोडा में घटी इस घटना के जरूरी शब्दों के कश्मीरी, डोगरी, हिन्दी और अँग्रेजी अर्थ भी बखूबी समझने लगी भी। कैमरे की फ्लैश देखकर इस बार उसे न तो बुखार आया और न ही वह मीडिया से आतंकित हुई।

अस्पताल से छुट्टी मिलते ही एक और प्रेस कान्फ्रेंस बुलाई गयी। इस बार प्रवक्ता रेखा दीदी थीं। गुड़िया और राजी की तस्वीरें भी खूब खींची गयीं। खबर देश भर में हाथोंहाथ बिकी। खबर का मजमून कुछ इस तरह था, 'रेखा दीदी ने अपनी जान पर खेलकर आतंकियों से लोहा लिया और दोनों बच्चियों को जलते हुए घर से बाहर निकाल लायीं। उनके प्यार और ममता का ही परिणाम है कि बच्चियाँ अपनी माँ को भूलकर रेखा दीदी से लिपटी रहती हैं...' रेखा दीदी के लिए नेशनल ग्रांट के रास्ते खुलने लगे। महाराष्ट्र सरकार के बुलावे पर रेखा दीदी का बच्चियों सहित भव्य भावुक स्वागत हुआ। बच्चियों की दुख-भरी कहानी सुनने

वालों के आँसू न थमते थे। बेमिसाल हौसले और सेवा भाव से गदगद लोगों ने तमाम तरह की आर्थिक और सामाजिक मदद रेखा दीदी के चरणों में समर्पित कर दी।

गुड़िया उम्र के उस पड़ाव पर थी जब मनुष्य का मन सबसे ज्यादा संवेदनशील होता है। उसकी जिन्दगी की सबसे दुर्दान्त घटना ने उसे भीतर तक झिंझोड़ दिया था। वह न ज्यादा किसी से बात कर पाती और न ही भीड़ में अपने आप को सहज महसूस कर पाती। रेखा दीदी उसके परिपक्व होने की राह देखने लगी ताकि किसी अच्छे घर में उसकी शादी की जा सके।

जबकि राजी जितनी अबोध थी उतनी ही मासूम भी। अहम से मुक्त मासूम मन जमाने की चाल-ढाल जल्दी समझ लेते हैं। माँ के न रहने पर राजी ने रेखा दीदी की गोद में लेटना, लाड़ करना और उन्हें मौसी कहना शुरू कर दिया था। श्रोताओं और दर्शकों के सवाल पर जब राजी बाल सुलभ बोली में मौसी जी के मन-माफिक कहानी सुनाती तो मौसी का मन पुलकित हो उठता। जैसे-जैसे मौसी जी को मिलने वाली सहायता राशि बढ़ती जा रही थी वैसे-वैसे राजी मौसी की लाडली होती जा रही थी।

जख़्म भरने के बाद जब उसकी पट्टियाँ उतार दी गयीं तो मौसी जी ने राजी की फ्रॉक को कन्धे से सरकाते हुए जख्म के निशान दिखाना शुरू कर दिया। ताकि फोटो और यकीन दोनों बना रहे। इसी निशान को दिखाते हुए मौसी जी ने राजी का एडमिशन शहर के सबसे बढ़िया स्कूल में करवाया और फीस भी माफ करवा ली थी।

किताबों और यूनीफॉर्म का खर्चा भी यही निशान दिखाते हुए शहर के एक मोम-दिल रईस से वसूल लिया गया था। मौसी जी और राजी के लिए कहीं जाना मुश्किल नहीं था। शहर के मोम-दिल रईसों ने राजी के लिए कपड़ों और खिलौनों के ढेर लगा दिए थे। जो उनके पास आता कुछ न कुछ देकर ही जाता। अब निशान दिखाने के लिए उसे मौसी जी के निर्देश की भी जरूरत न पड़ती। मौसी जी की लाड़ली राजी इतनी एक्सपर्ट हो चुकी थी कि उनके फोन अटेंड करने से लेकर उनकी अनुपस्थिति में आने वालों को वह खुद ही एंटरटेन कर लिया करती। संस्था की किसी और लड़की को इसकी इजाजत नहीं थी।

दिवाली की उस सुबह तकरीबन 11 बजे एक औरत घर में दाखिल हुई। अन्दर बुलाकर बैठाते हुए राजी ने बड़ी शालीनता से उनका स्वागत किया। फिर संस्था की ही एक लड़की को अपनी बचकाना जुबान में पानी लाने का आदेश किया। सैकेंडों और मिनटों के गुजरने के बाद भी जब उस नीली साड़ीवाली ने अपनी ओर से कोई पेशकश नहीं की तो राजी की निगाह उसके बैग के खुलने की

प्रतीक्षा करने लगी।

चुप्पी तोड़ते हुए राजी ने अपनी फ्रॉक को कन्धे पर से सरकाते हुए कहा, ''आपको पता है मुझे यहाँ गोली लगी थी, उन लोगों ने हमारे घर को आग लगा दी, फिर मौसी जी ने...''

''अरे राजी ये मेरी बहन है'', राजी की कहानी पूरी होने से पहले ही उसे टोकते हुए मौसी जी कमरे में दाखिल हुईं और नीली साड़ी वाली औरत को गले से लगा लिया।

झीनी-झीनी बिनी रे चदरिया

पहाड़ों की तलहटी में चादरों पर एक राष्ट्रीय स्तर का सेमिनार चल रहा था। चादर बनाने और ओढ़ाने में अभ्यस्त वरिष्ठ जन बड़े आदर के साथ आमन्त्रित किए गये थे। उनके साथ उन नए बुनकरों को भी बुलाया गया, जो अपनी-अपनी मर्जी की चादरें बुन रहे थे। अपने आकार, अपने प्रकार से। वरिष्ठों में वरिष्ठतम ने मंच सँभाला और बताया कि इतिहास में हमारे समाज की चादरें बहुत महान हुआ करती थीं। आरामदायक भले ही न हो, पर सब कुछ ढक सकने की क्षमता उनमें थी। चादर की लम्बाई और चौड़ाई बताकर इन्सान को उतना ही लम्बा और चौड़ा होने के विचार के साथ वरिष्ठतम ने अपना भाषण समाप्त किया।

भाषण के शब्द धीरे-धीरे वरिष्ठतम के सिर पर इकट्ठा होने लगे। शब्दों ने एकजुट हो एक मोटी, सबकुछ ढाँप सकने लायक चादर बना ली। चादर राष्ट्रीय सेमिनार के बैनर पर जा लटकी।

क्रान्तिकारियों के होते सब शान्तिमय ढंग से सम्पन्न हो जाय यह कैसे मुमकिन है। इसलिए वरिष्ठतम के भाषण पर क्रान्तिकारी सनक गया और बोला, ''ऐतिहासिक चादरों पर चर्चा से बेहतर होता यदि आप हमें मौजूदा चादरों के बारे में कुछ बताते। जमाना बदल रहा है इसलिए पुरानी चादरें अब नहीं टिक पाएँगी।''

क्रान्तिकारी के इस विचार के समापन पर तालियाँ बजने लगीं। नये बुनकरों को लगा कि अब हमें पूछा जाएगा। अब नए बुनकरों की बारी थी। इनमें सबसे वाकपटु ने मंच सँभाला और पेश की एक ऐसी सिंथेटिक चादर जिसे अपनी सुविधानुसार कहीं से भी, कितना भी खींचा जा सकता था। अपनी चादर की खूबियाँ बताते हुए उसने कहा कि अब ढकने-ढकाने का जमाना नहीं रहा। अब तो दिखने-दिखाने का दौर है। आपका पेट अगर खाली है तो दिखाओ, बदन नंगा है तो दिखाओ... इनका भी बाजार है। जब तक आप दिखाएँगे नहीं, लोग जानेंगे कैसे। और जब तक बाजार जानेगा नहीं तो आपको आपके आकार की चादर मिलेगी कहाँ से... ।

वाह! वाह! वाह! एक दम नया। मध्यमार्गी कुछ लोग जो अब तक चादरों में लिपटे बैठे थे ने काँधों पर से चादरें जरा-जरा सी सरका दीं। शुरुआत यहीं से सही...।

वाकपटु के पास वे सब तर्क थे जिनसे यह माना जा सकता था कि मोटी और ढक सकने लायक चादरों का दौर खत्म हो चुका है। बैनर पर टँगी मोटी चादर को खींचकर नीचे फेंक दिया गया। अब वह पैरों तले के कालीन की जगह पड़ी थी।

चादर को कसमसाता देखना संस्कृतिवादियों को अच्छा नहीं लगा। उनके तर्क वाकपटु के आगे कमजोर थे पर उन्हें लगा कि अगर हम एकजुट हो जाएँ तो वाकपटु के तर्कों की धज्जियाँ उड़ाई जा सकती हैं। उन्होंने वाकपटु के विचारों के खिलाफ नारेबाजी शुरू कर दी।

वाकपटु ने संस्कृतिवादियों को नारीवादी मानसिकता का कहकर लज्जित करने का भरसक प्रयास किया। इस पर वे और भी भड़क गये। उन्हें न नारीवादी होना अच्छा लगा, न लज्जित होना। अपनी स्वतन्त्र पहचान का बिगुल फूँकते हुए उन्होंने चादर का झंडा बना लिया और झंडाबरदार हो गये।

पकवानों की गन्ध सेमिनार हॉल तक पहुँचने लगी थी। वरिष्ठों, क्रान्तिकारियों, आधुनिकों और संस्कृतिवादियों ने अपने-अपने थैले उठाए और खाने के पंडाल की ओर बढ़ चले। चादर अकेली रह गयी। उसे लगा अब अकेले यहाँ क्या करना, सो उड़ चली पूरब की ओर...

थकी हुई चादर एक समारोह के पंडाल के ऊपर जा पसरी। यहाँ अपने परिवार और नाते-रिश्तेदारों के बीच घिरी बैठी थी सत्तो।

एक बलिष्ठ, खूबसूरत नौजवान ने सत्तो के पैर छूते हुए कहा, "प्रणाम बुआ जी।"

अचानक पैर छूने पर सकपकाई-सी सत्तो को सम्बोधित करते हुए आनन्द ने कहा "जीजी पहचाना इसे, अवधेश है।"

"अरे अवधेश... जीते रहो, खुश रहो, बहुत बड़ा हो गया, इन्हीं के होने में आए थे हम जब ट्रैक्टर से चाची गिर पड़ी थीं।"

"तुम भी जीजी, वो तो अखिलेश हुए थे, बड़े दद्दा के। ये तो हमारे वाला है अवधेश।"

उनके इतना कहते ही एक और बलिष्ठ, खूबसूरत-सा नौजवान पहले वाले से उम्र में कोई सात-आठ साल बड़ा आगे आया और सत्तो के पैर छूने लगा।

"बच्चे कब बड़े हो जाते हैं पता ही नहीं चलता। अब हम तुम बूढ़े हो गये मालूम पड़ते हैं भैया।", सत्तो ने झेंप छुड़ाते हुए कहा।

"क्या कर रहे हो बेटा आजकल? शादी-ब्याह हुआ कि नहीं?"

"जी अपना स्कूल खोला है, वही सँभाल रहे हैं। वैसे तो कॉलेज में अध्यापन के लिए भी प्रस्ताव आया था पर गाँव की जमीन देखने को चाचा अकेले पड़ जाते। अवधेश अभी पढ़ाई कर रहे हैं।"

"देख ले बेटा, ये हैं हमारे यहाँ के बच्चे। पढ़े-लिखे होने के बाद भी गाँव, परिवार और जमीन से जुड़ाव नहीं छूटा।"

सत्तो ने अपने अल्ट्रा मॉडर्न बच्चों को लक्षित करते हुए उन तमाम लोगों पर कटाक्ष किया जिनके लिए स्टडी टेबल से उठते ही मंजिल अमेरिका, कनाडा या आस्ट्रेलिया हो जाती है। "जीजी अगले महीने ब्याह है अखिलेश का, आप सबको जरूर आना पड़ेगा। जीजा जी एक महीने से कम का कार्यक्रम मत बनाना। आई समझ के नहीं।"

आनन्द ने अधिकार-भाव से अखिलेश की शादी का निमंत्रण दिया और पिताजी को पुरुषों वाली मंडली की ओर ले गये।

इधर अखिलेश शादी की बात छिड़ते ही धारावाहिकों में मौजूदा बेटियों की तरह शर्मा कर दूसरी तरफ चले गये।

सत्तो अपनी अधेड़ और कुछ उम्रदराज बहनों के साथ बातों में मशगूल हो गयी।

"जीजी आनन्द जैसे आदमी आजकल नहीं मिलेंगे।"

"बहुत समझदार आदमी है आनन्द। हर बच्चे को बराबर प्यार दिया। कोई देखे तो कह ही नहीं सकता कि अखिलेश इनके हैं या बड़े दद्दा के। खूब बढ़िया कपड़े-लत्ते, पढ़ाई-लिखाई, संस्कार क्या नहीं दिया। भाभी को भी तो इन्होंने ही सँभाला। तब उम्र ही क्या थी बेचारे की।" सत्तो की बहन ने पुराने दिनों की याद करते हुए बातों को आगे बढ़ाया।

सत्तो अपनी अधूरी जानकारी को पुख्ता करने के इरादे से बोली, "मेरे ख्याल में भाभी से छोटे ही थे आनन्द।"

"ये थे दद्दा से आठ साल छोटे और भाभी से चार साल... हाँ चार साल छोटे थे भाभी से।" सत्तो की बहन ने अँगुलियों पर हिसाब लगाते हुए कहा।

"जब भाभी आयी थीं तो उनके सामने खाट पर भी नहीं बैठा करते थे। कालेज से लौटते तो बुशर्ट का कालर इतना गन्दा करके लाते कि भाभी परेशान हो जातीं। फिर बेचारे हैंडपम्प से पानी खींचते रहते, पर मजाल है कि कभी आँख उठाकर भी देखा हो।

"पर होता तो वही है जो विधाता को मंजूर हो, सत्तो की बहन ने आह भरते हुए आनन्द का एक चैप्टर खत्म करते हुए बड़े दद्दा की मौत का अगला चैप्टर शुरू किया।

"65 की लड़ाई के बाद छुट्टी आये थे दद्दा। पंडित ने पहले ही बता दिया था दद्दा को कि गोली लगने से प्राण जाएँगे, फिर भी फौज में भर्ती हो गये। और देखो कितनी लड़ाई और मेडल जीत कर लाये। कहा करते, अरे सब साले पंडित झूठे हो गये हैं। जब से इनको जुबान को माँस लगा, बातों से सत चला गया। इतनी लड़ाई तो जीत लीं, अब कौन मारेगा गोली।

"दूर-दूर तक लोग दद्दा की बहादुरी के किस्से सुनाते। ऊपर से तारीफ करते पर भीतर ही भीतर जलते थे लोग। पार्टी बन्दी हो गयी थी किसी के साथ। उसी ने भेजा था वो लड़का। दो महीने खूब मन लगाकर दद्दा की सेवा पानी की। घर का हर भेद ले लिया, फिर एक दिन दोपहरिया में दद्दा की पिस्तौल माँगी देखने के लिए, फिर बोला चलाकर देखूँ, दद्दा के पैर छुए।

"दद्दा बोले 'विजयी भव:' और उसने तान दी पिस्तौल दद्दा पर। दद्दा वहीं ढेर... दद्दा का आशीर्वाद भी फल गया और पंडित की वाणी भी सच्ची हो गयी।

"शकुन्तला एक साल की थी और अखिलेश तीन साल के रहे होंगे... भाभी भी कहाँ जानती थीं, छाती पर मैडल लटकाए घर आने वाले फौजी की ये आखिरी छुट्टियाँ थीं।"

बहनों की मँडली और उनके बच्चों की आँखें नम हो गयीं, बड़े दद्दा की दुखद मौत और उस लड़के की गद्दारी पर। पर अभी एक और चैप्टर बाकी था, जिसे सत्तो की सबसे बड़ी बहन ने पल्लू से आँखें पोंछते हुए सुनाना शुरू किया।

"16-17 साल के रहे होंगे आनन्द उस वक्त, पिताजी भी नहीं थे। अम्मा बोलीं आनन्द अब तुम्हारे ही हाथ में है सब, घर की चदरिया और खेत का हल।

सब जनी मिलके भाभी की चूड़ियाँ फोड़ने लगीं तो आनन्द ने मनाकर दिया बोले, "हमारी चदरिया दे दो बड्डी के सिर पे।"

पंडाल पर पसरी चादर ने उड़कर बड्डी का सिर ढक दिया।

"तब से आज तक आनन्द ने ही सँभाला है सब। शकुन्तला एक साल की थी, उन्हें पढ़ाया-लिखाया, शादी करवाई। अखिलेश को पाला-पोसा। कोई पाँच-एक साल बाद अवधेश हुए।"

"तो क्या फेरे-वेरे कुछ नहीं हुए।" अल्ट्रा मॉडर्न बच्चों ने कौतुहल से पूछा।

"न बेटा, हिन्दू समाज में औरत के फेरे जिन्दगी में एक ही बार होते हैं। बस चूड़ियाँ बदली जाती हैं।", बड़ी-बूढ़ियों ने प्रौढ़ता से बच्चों का कन्धा दबाते हुए जवाब दिया।

ग्रामीण माहौल से चादर उकता गयी और उड़ चली महानगर की ओर।

यहाँ शहर के सबसे बढ़िया स्कूल के बाहर कुल्फी बेचनेवाला ऊँचा-लम्बा बाबा नन्दराम अपने घुटनों तक की धोती में मुँह दबाए सिकुड़ा बैठा था, उस दिन

जिस दिन उसके बेटे ने उसे मारा तो नहीं पर हाथ लगभग उठा ही दिया था। उसकी माँ को गाली देने के आरोप में।

पूरे मोहल्ले ने नीची जात कहकर उस परिवार की खूब थू-थू की।

पर बाबा नन्दराम शाम ढलने के बाद भी अपना मुँह घुटनों से उठा नहीं पाया।

एक ढलती उम्र के आदमी को रोता देख कौशल्या से रहा न गया और उसने प्यार-भरी झिड़की देते हुए बाबा को उठने को कहा, ''अब उठिए बाबा, जो होना था सो हो गया। घर की बात है इस तरह बाहर बैठकर रोना ठीक नहीं लगता, बच्चे देख रहे हैं।''

पहले से भले ही बेटे के हाथों बेइज्जत हुए बाबा को होश न रहा हो, पर इस बार जब उसे पता चला कि रोज कुल्फी के लिए उसे घेरे रहने वाले बच्चे आज उसे दयाभाव से देख रहे हैं तो उसे कुछ शर्मिन्दगी महसूस हुई।

बाबा शर्मिन्दा हुए तो चादर उड़कर बाबा के घुटनों पर जा गिरी। लज्जित से बाबा ने चादर के एक छोर से नाक साफ की और दूसरे छोर से आँसू पोंछे।

कौशल्या ने एक पुराने से कप में बाबा को चाय दी। चाय पीकर वे कुछ सँभले और सिर्फ इतना कहा, ''पराया खून पराया ही होता है। इस छोरे के पीछे मैंने कोई सुख नहीं देखा। इस बुढ़ापे में भी कुल्फी की रेड़ी लगाता हूँ। मेरा अपना होता तो...''

कहते, कहते बाबा चबूतरे से उठे और अनसोची राह पर चल दिए...

तब तक बाबा की पत्नी निर्मला भी रोटी लेकर आ गयी थी, कौशल्या को देख थोड़ी शर्मिन्दा हो गयी।

''बुड्ढे आदमी के साथ ऐसा नहीं करना चाहिए'', माँ ने समझाने की कोशिश की।

''बहन जी मैंने तो जिन्दगी-भर बर्दाश्त किया। अब लड़का जवान हो गया है वो कहाँ सहन करेगा, इन्हें भी तो समझना चाहिए।''

''पर फिर भी थोड़ा तो सोचना चाहिए, बेचारे दिन भर बैठे सुबकते रहे, कह रहे थे पराया खून पराया ही होता है...''

इतना कहना था कि निर्मला की आँखें आग उगलने लगीं।

''अपने पराये की बात नहीं है, बहन जी ... अगर ढंग से रखो तो पराये भी अपने हो जाते हैं। और ये कौन सा बाहर का है। तब तो इन्हीं को शौक चर्राया था, अब काहे का उलाहना देते हैं...''

''तू भी भली है, ये शौक भला किस आदमी को नहीं होता। बच्चा पैदा किया है तो उससे पिटवाएगी...''

''इसके पैदा करने से होता तो हो लिया होता, ये तो किसी काम के ही नहीं

हैं..."

अब की बार उसके गले में दुख भरा था। फिर भी उसने यह बात इतने आराम से कह दी जैसे घर की किसी मशीन के खराब होने की बात कर रही हो।

"हे भगवान ..." रामायण पढ़-सुन कर जवान हुई कौशल्या के दोनों हाथ होंठों और दाँतों को ढाँप गये, "तो किसकी औलाद है ये..."

"अब तो सेहत कुछ नहीं रही, जब शादी हुई थी तो लम्बे-चौड़े खूबसूरत लगा करते थे। सब खुश थे इतना सुन्दर और इकलौता है अपने घर में। घर-बार की मैं अकेली मालकिन। मेरी बड़ी बहन भी खूब खुश थीं। मेरी शादी में बकरी दी थी उन्होंने।"

"फिर"

"खूब मिठाई, बाजे गाजे। अपने गाँव की गिनी-चुनी शादियों में से एक थी हमारी शादी। इनकी अम्मा ने भी खूब खुशियाँ मनायी थीं। सिनेमा के नाम से ही मचल जाते थे लोग, पर हमारी सास खुद पैसे देती थी कि जाओ सिनेमा देखकर आओ। शोले दिखाई थी इन्होंने मुझे सबसे पहले। पर खुशियाँ यही सब थोड़ी है..."

"तुझे कितने दिन बाद पता चला?"

"कुछ दिन तो गुजर गये ढोल ढमाके में। पर जैसे ही इनके पास भेजी गयी इन्होंने सब बता दिया। बोले, जो खुशी चाहिए माँग लेना। बस एक को छोड़कर।"

"तूने घर जाकर बताया नहीं? "

"किसे बताती ... अपनी ओढ़नी हटाओ तो अपना ही सिर नंगा होता है।"

"पर इतनी बड़ी बात... तेरी सास को तो पता होगा। हाँ पता था तभी ज्यादा लाड़ करती थी मेरा और दुखी भी होती थी कि वंश आगे कैसे बढ़ेगा।

बात कितने दिन छिपी रहती। तीसरे साल भी जब गोद नहीं भरी तो दीदी दाई के पास ले गयी।

दाई बेचारी को क्या पता था! बोली सब ठीक-ठाक है, जब ऊपर वाला चाहेगा भर जाएगी गोद।

फिर मुझसे रहा नहीं गया और मैंने दीदी को सब बात बता दी। वो तो सिर पकड़ कर बैठ गयी।

दबी आवाज में सभी मातम मना रहे थे। फिर न जाने कैसा करार हुआ इनमें और जीजा में कि ये राजी हो गये...

दस-ग्यारह साल की ही तो थी जब जीजा ब्याहने आए थे जीजी को। मेले, हाट, बाजार सब जीजा के साथ ही देखे। छोटी बच्ची की सी जिदें पूरी करवाते थे उनसे... अब उसी जीजा के साथ। मेरे कुछ समझ ही नहीं आ रहा था। फिर इन्होंने

ही सास को भी मना लिया...

अब कहते फिरते हैं पराया खून, पराया खून..."

पहले पहल तो किसी को भी पता नहीं था। इसकी इज्जत भी ढकी हुई थी और हम सबकी भी। सब इसी के कर्म हैं... "मैं तो दीदी की एहसानमन्द हूँ, जो है सब उन्हीं का दिया है..."

"कहाँ है री तेरी दीदी...."

जीजा को टीबी हो गयी थी, बड़ा पैसा बहाया बेचारी ने इलाज में, पर बचा नहीं पाई... कोठियों में बर्तन माँजने जाती है।"

एक बार चादर फिर से कसमसाने लगी। गाँव और शहर भर का भ्रमण कर चुकी थी चादर। घूमते-फिरते अब वह फिर से पहाड़ों की तलहटी में बसे एक आधुनिक हो रहे गाँव में पहुँची।

यहाँ सुमित्रा के बेटे की शादी चल रही थी। किसी को धूप न लगे इसलिए चादर सुमित्रा के आँगन के ऊपर तन गयी।

चादर ने देखा कि जमाना बदल चुका था। जमाने की तरह इस गाँव की लड़कियों ने भी अब साधना कटिंग छोड़ दी थी और श्रीदेवी स्टाइल में पहले बाल उठाकर क्लिप लगातीं फिर लम्बी चोटी बनाया करती थीं।

इस गाँव के ब्राह्मण परिवारों में यूँ तो दोहरे रिश्तों की परम्परा थी पर अबकी बार सुमित्रा चाहती थी कि सबसे पहले बड़े बेटे की शादी हो, "बाकियों की होती रहेंगी। और अब वो पहले का सा जमाना कहाँ रहा है!"

घर, बार, जजमानी सब गिना दिखा कर एक खूबसूरत, कार्यकुशल और हुनरमन्द बहू सुमित्रा को मिल ही गयी जानकी।

सुमित्रा का बेटा बल्लियों उछल पड़ा था इतनी सुन्दर पत्नी पाकर। किसी ने बताया था थोड़ा बहुत पढ़-लिख भी लेती है। सिलाई-बुनाई का तो पूछो ही नहीं, हाथ नहीं जैसे मशीन हो।

शादी की चौथी ही सुबह सुन्दर, कार्यकुशल और मृदुभाषिणी जानकी ने विद्रोह कर दिया, "मैं नहीं रहूँगी यहाँ, घर-बार सिर पर रखूँगी, जब पल्ले से खूँटा बाँध दिया हो।"

नयी नवेली बहू का ऐसा रौद्र रूप सुमित्रा से बर्दाश्त न हुआ और उसने एक जोरदार तमाचे के साथ उसे वापस कमरे के भीतर धकेल दिया...

बड़ी-बूढ़ियाँ खुसफुसाने लगीं, "हम तो पहले ही कहते थे मत कर इसका ब्याह, तुझे ही पड़ी थी। सबकी कटती है, क्या इसकी नहीं कटती। दो फुलके ही तो खाने थे इसने, क्या छोटा भाई नहीं खिला देता।"

"जब मैं ले आयी हूँ, तो निभा भी लूँगी", सुमित्रा ने तुनककर जवाब दिया।

खुसफुसाती बूढ़ियाँ चुप हो दहेज का सामान देखने लगीं।

सुबकती, ईश्वर की मार पड़ने जैसी गालियाँ देती जानकी कमरे में तो चली गयी, पर उस दिन के बाद से उसने अपने पति को कमरे में दाखिल नहीं होने दिया।

सुमित्रा कमर कसकर तैयार थी। जैसे वह पहले से जानती थी इस दुर्घटना का घटना। सप्ताह भर बाद जानकी के भाई उसे लेने आये और वह आँसुओं, कराहों और टूटे सपनों के टुकड़ों के साथ मायके चली गयी।

अगले ही दिन जब जानकी के मायके का दल-बल घर पहुँचा तो पता चल गया कि टूटे सपनों के टुकड़ों के साथ वो खबर भी जानकी के मायके पहुँच गयी है जिस पर जानकी ने विद्रोह कर दिया था।

मायके वाले जब बुरा-भला कहकर थक चुके तो सुमित्रा ने उनके लिए ठंडा शरबत बनवाया। दहेज में दिया उनका सारा सामान उनके आगे कर दिया और दोनों हाथ जोड़कर बोली, आपकी बेटी अब हमारी इज्जत है। हम ब्याह कर लाए हैं, हम सँभाल भी लेंगे। उसे यहाँ किसी चीज की कमी नहीं होगी।

आधी जमीन जानकी के नाम करने का वायदा ले जानकी के मायके का दल बल वापस लौट गया। और अगले दिन जानकी भी ससुराल बुलवा ली गयी।

जानकी फिर उसी कमरे की दीवारों से सिर पटकने लगी जिससे उसने अपने पति को निकाल बाहर किया था। सुमित्रा ने कुछ बहलाने के इरादे से जानकी को रसोई सँभालने को कहा। रसोई सँभालने के बाद घर-बार की तमाम जिम्मेदारियाँ जानकी को ही दे दी गयीं। जानकी घर में सबकी लाडली हो गयी। खाने-पीने, पहनने-ओढ़ने की हर जरूरत उसके कहने से पहले पूरी होती। सिवा एक के।

और आखिर एक दिन वह आखिरी जरूरत भी पूरी कर दी गयी। सुमित्रा ने अपने छोटे बेटे को कमरे के अन्दर दाखिल कर दिया और खुद पहरे पर बैठ गयी।

यह रात हर बार दोहराई जाती, जब-जब सुमित्रा की या उसके छोटे बेटे की इच्छा होती। और धीरे-धीरे सुमित्रा ने पहरे पर बैठना बन्द कर दिया, जब उसे लगा कि शिकारी और शिकार दोनों एक दूसरे के अभ्यस्त हो चुके हैं।

आखिर जानकी की गोद भरी।

पहली सन्तान बेटी हुई और दूसरा बेटा, तीसरा फिर बेटा।

गाँव की वो बड़ी -बूढ़ियाँ सुमित्रा और उसके परिवार को देखकर ईर्ष्या से भर उठतीं जो काफी लम्बे समय से इस शादी के खिलाफ थीं। सुमित्रा ने खुद कानाफूसियों में यह खबर गाँव-भर में फैला दी कि "बड़ा शहरी इलाज के बाद ठीक हो गया है, वरना आँगन में किलकारियाँ कैसे गूँजतीं!"

जानकी ने बड़े चाव से दोनों ननदों की शादी की। पर जब उसके देवर की

शादी की बात आई तो उसने फिर से विद्रोह कर दिया...

जाने वह अपने हक के लिए लड़ रही थीं या आने वाले दुर्दिनों के सन्देह से...

सबकी लाडली जानकी कुलटा, कुलक्षिणी हो गयी।

फिर एक जोरदार तमाचे के साथ जानकी को उसी कमरे में धकेल दिया गया। अब छोटे बेटे को सख्त मनाही थी इस कमरे के आसपास भी फटकने की।

सुमित्रा ने एक बार फिर तुनक कर कहा, ''दूसरों पर ही पैबन्द लगाता रहेगा, क्या इसकी अपनी जिन्दगी नहीं है...''

अब जानकी सिर्फ अपने पति की लाडली थी, वही उसके हाथ का बना खाना खाता और वही उसके पुराने कपड़ों को देख नए लाने की ख्वाहिश जताता। नयी बहू के लिए बड़ा और सुन्दर कमरा जरूरी था इसलिए जानकी को उसके पति के साथ पिछवाड़े वाला कोठा थमा दिया गया।

नयी बहू के लिए पिछवाड़े का कोठा वर्जित क्षेत्र था। उसे बताया गया था कि उस कोठे में ऐसी कोई डायन रहती है जो सबके पतियों को झपटने को तैयार रहती है। और तो और उसने जोगियों के बाड़े को भी नहीं छोड़ा।

पिछवाड़े के कोठे का दरवाजा जो बन्द हुआ तो सालों साल खुला ही नहीं। बन्द दरवाजे में जानकी की जवानी ढल गयी और उसकी बेटी जवान हो गयी।

आज शहर से लड़के वाले आ रहे थे उसे देखने, जानकी के भाई के साथ। गहना-गाठा कुछ भी तो नहीं था जानकी के पास अपनी बिटिया को सजाने के लिए। उसका आँचल भी मैल भरा था। बिटिया का माथा भी सूना, सिर भी नंगा...। कौन ध्यान देता इस पर।

मेहमानों की दस्तक हुई ही थी कि चादर ने उड़कर जानकी की बेटी का सिर ढक दिया। और जानकी सुहाग गाने लगी।

काँच के छह बरस

उस शाम तुम मेरी बगल वाली सीट के महानुभाव से मिलने आए थे। तुम्हारे आने के बाद से ही चाय के रवायती दौर से अलग चुटकुलेबाजी के दौर चल पड़े थे। तुम हँसते, हँसते-हँसते तुम्हारा चश्मा खिसक आता और तुम तर्जनी से उसे ऊपर सरका लेते। पर इठलाना बराबर जारी था।

मुझे मालूम था कि इठलाने का मकसद मैं ही हूँ और पास वाली सीट के चुटकुलों का मौजूँ भी मैं ही हूँ। फिर भी मैंने कुछ रिएक्ट करना जरूरी नहीं समझा। और चुपचाप अपने काम में लगी रही।

अगली शाम का मंजर भी पिछली शाम जैसा ही था। अब मुझे तुम दोनों की हँसी और चुटकुले-बाजी में रस आने लगा था। मेरी अँगुलियाँ 'की बोर्ड' पर और कान तुम दोनों के चुटकुलों पर लगे रहते। ये बात उन्हें भी मालूम होने लगी थी। बतरस सागर की लहरों की तरह तट को लीलने लगा और मैं भी उन चुटकुलों में शामिल होती चली गयी-

"इसे मिलिटेंट से मिलना है।"

महानुभाव ने मुझे छेड़ने के अन्दाज से जुमला उसकी तरफ उछाल दिया।

"हाँ, हाँ बोलो कब मिलना है, मिलवा देते हैं। किससे शब्बीर शाह से या गिलानी से..."

नाम सुनते ही मैं उत्साहित हो गयी... ऐसे जैसे गुरु जी ने दीक्षा देनी शुरू कर दी हो और मैंने उल्लास की झोली पसार दी। बिना ये जाने कि उपरोक्त दोनों नाम आतंकवादियों के नहीं, अलगाववादियों के थे। मेरे अबोध उत्साह पर वो और महानुभाव दोनों आश्वस्त हो गये कि लड़की उत्साहित है पर मूर्ख है।

शामें गुजरती गयीं। उनकी 'आश्वस्ति' और मेरे 'उत्साह' में पक्की दोस्ती हो गयी।

इधर मैं उनसे मिले आश्वासन के बाद अपने आपको बरखा दत्त की तरह चमकने के सपने देखने लगी, "क्या रखा है इस गली मोहल्ले की रिपोर्टिंग में।

लोग जानते हैं, मानते हैं पर तूती तो स्टार रिपोर्टिंग की ही बोलती है।" मैं मन ही मन तर्क करती और अपने व्यवहार से उन्हें पहले से ज्यादा आश्वासन दे देती। कभी-कभार रिपोर्टिंग असाइनमेंट भी इकट्ठे ही निपटाए जाते। मुझे चाय-कॉफी का शौक था और उन्हें मधुशाला का। सो असाइनमेंट वाली मुलाकात ही हमें सूट करती थी। जन्मदिन-वन्मदिन मनाने के बचकाना शौक उन दोनों ने यूनिवर्सिटी टाइम में ही निपटा लिए थे। फिर भी कभी-कभार मेरी खातिर गोल-गप्पे खाए जाते। गोल गप्पे के चटखारों और सर्दियों की रातों में आईसक्रीम खाने का शौक ऐसा चढ़ा कि शब्बीर शाह और गिलानी सब पीछे छूट गये।

मुझे उनकी दोस्ती बहुत अच्छी लगती थी। मैं गदगद भाव से उन्हें मिलते-बतियाते देखती और दुआ मनाती कि इसे किसी की नजर न लगे। फिर किसी काम से महानुभाव को आउट ऑफ स्टेशन जाना पड़ा। सर्दियों की रातों में आइसक्रीम खाने का सिलसिला थम गया। और मैं अपने काम में मसरूफ हो गयी। इस बीच एक दो बार उससे फोन पर बात भी हुई। उन बातों में औपचारिकता होती पर खामोशियों में अपनत्व। फिर करीब दस दिन बाद उसने बताया कि महानुभाव कल सुबह दस बजे स्टेशन पहुँच जाएँगे।

"मैं भी चलूँ तुम्हारे साथ?" मैंने सकुचाते हुए पूछा।

"तू रहने दे, कहाँ परेशान होगी, मैं हूँ न, मैं उसे रिसीव कर लूँगा। फिर शाम को ऑफिस में मिलते हैं।"

"चलती हूँ न, वैसे भी खाली बैठकर क्या करना है, वहाँ से इकट्ठे ही ऑफिस चल पड़ेंगे।"

"चल ठीक है, तैयार रहना। मैं तुझे स्टैंड से पिक कर लूँगा।"

हम दोनों उत्साहित महानुभाव से मिलने स्टेशन पहुँचे। उनकी गाड़ी अभी आई ही थी कि हम प्लेटफार्म पर पहुँच गये। भीड़ को चीरते हुए महानुभाव आते आए। मैं अभी पीछे ही थी कि वो दौड़कर महानुभाव के गले से लग गया। महानुभाव ने भी कसकर उसे सीने से लगाते हुए दो तीन थपकी दी।

उनका ऐसा भरत-मिलाप देखकर मुझे शक हुआ, "कहीं दोनों..."

फिर छेड़ते हुए जुमला उछाल ही दिया, "गले तो ऐसे मिल रहे हो जैसे जनम जनम के बिछड़े प्रेमी..."

इस बार वो दोनों शर्मा गये और मैं आश्वस्त हुई।

ऑफिस की कचर-कचर, पचर-पचर के बाद उस शाम फिर हमने साथ में डिनर किया। डिनर के साथ उन्होंने अपनी दोस्ती के कई पुराने किस्से मुझे सुनाए। कि वो पहली बार टेलीफोन एक्सचेंज के बाहर मिले थे...। कि फलाँ खबर उन्होंने कैसे कवर की। फलाँ सोर्स इसका यार है और फलाँ उसका पक्का बैरी....। कौन

पैसे लेकर खबर बेचता है और कौन आगे की वसूली के इरादे से फिलहाल छोड़ देता है। डिनर के बाद कहीं जाने की जल्दी में उसने मुझे घर छोडने़ की जिम्मेदारी महानुभाव को अपनी बाइक की चाबी के साथ सौंप दी। मुझे लगा वो हमें वक्त देना चाहता है। उसका वक्त देने का ये अन्दाज भी मेरे लिए नया ही था।

उसके दिए वक्त का हमने पूरी ईमानदारी से इस्तेमाल किया।

इस इस्तेमाल की शर्त ये थी कि मुझे नौकरी छोडऩी पड़ेगी। हालाँकि यह किसी कम्पनी के रूल में शामिल नहीं था, पर वहाँ बैठे कॉन्ट्रेक्टरों का मानना था कि इश्क में गालिब भी निकम्मा हो गया था। फिर ये दोनों काम करते रहें ऐसा कैसे मुमकिन है?

यह दाताओं की शर्त थी जिसे लेकर वो मुझसे भी ज्यादा परेशान हो गया था। उसे लगता था कि मैं अभी कुछ समझती नहीं हूँ। मैं उन लोगों को भी अच्छी तरह जानती नहीं हूँ जो तारीफ की चाशनी में जहर बुझे काँटे घोंपते हैं। वो कभी नहीं चाहेंगे कि.... मेरे लिए सब अबूझ था। अति उत्साह में लिया गया वो फैसला भी और आने वाले अनजाने खतरे भी।

फिर उसने वो सम्भावित जगहें तलाशनी शुरू कीं जहाँ मैं फिर से एडजस्ट हो सकती थी। उन सम्भावित जगहों पर मौजूद कंटकों और सम्भावित खतरों का भी उसे भान था। जो वो कैप्सूल फॉर्म में मुझे समझा नहीं पा रहा था। पर वो परेशान था।

एक और रात मैंने उसे अपने लिए उससे भी ज्यादा परेशान देखा।

वो चिनाब के किनारे की रात थी। यहाँ चिनाब की दस्तक अब तक की सबसे भयावह दस्तक थी। दूर पुल पर चमकती हेडलाइट्स में कितनी ही बार किसी के आने का आभास हुआ था। किसी ऐसे का जो या तो लहरों से लड़ लेगा या किनारों को लील जाएगा। कोई आया तो था लहरों से लडने़ वाला। उसके साथ वो भी था। द्वितीय पुरुष की तरह। परेशानी में उसका चश्मा खिसक आया था, उसने फिर तर्जनी के सहारे उसे ऊपर सरकाया और मुझे डाँट लगाई, वात्सल्य भाव से-

उस दिन उसका ममत्व-भरा हाथ बहुत सुहाया था मुझे। माहौल हल्का करने के लिए उसने कुछ मजाक भी किए.... लड़ने वाला लहरों से लड़ चुका था। इसके बदले में महानुभाव ने मेरी ज़िन्दगी अपने नाम कर ली। और दोस्ती उसके नाम। एक कर्ज ही समझ लो मुझ पर, जो कभी उतार ही नहीं पाई।

अब वो हमें और ज्यादा वक्त देना चाहता था, दे भी रहा था....। मैं उस वक्त का जश्न भी उसके साथ मनाना चाहती थी, पर वो बिजी होता जा रहा था। उसे क्या दोष देना, इधर हम भी कोई कम बिजी नहीं थे। जश्न वाले दिन जब हम मिले तो वो नहीं था...

मैंने महानुभाव से दोस्ती में गद्दारी की बात सुनी, कहा वो मँझधार में छोड़कर चला गया और बहाना बना दिया...

मुझे यकीन नहीं हुआ। गद्दारी का कुछ न कुछ अंश तो इधर भी रहा होगा। सामूहिक दोस्ती में वो अकेला गद्दार कैसे हो जाता। फिर लगा कि वो हमें और वक्त देना चाहता है और उसके लिए ये नया बहाना उसने बनाया है। बिजी हो जाने का। पर सिर्फ जिन्दगी किसी और के नाम थी। दोस्ती तो उसी के ही नाम थी न, फिर मित्रता का सूत्र किसी और से कैसे खुलवाती। मैं उसे ही अपना ''कंगने का मित्र'' बनाना चाहती थी। इसलिए सूत्र की एक्सपायरी डेट के तीन दिन बाद भी मैंने उसी से खुलवाई अपने मित्रता सूत्र की गाँठ। गाँठें खोलते हुए कितना खीझा था वो, गाँठ लगाने वालियों पर। शगुन के पैसे भी नारियल की गिरी में रखकर देते हुए वो बच्चे की तरह शर्मा गया था। हालाँकि मेरा उसका इन्तजार करना बहुतों को नागवार गुजरा पर मैं नहीं मानी।

मैं और महानुभाव जब भी परेशान होते वो हमें मिल जाता। उस रोज भी तो अचानक उसका फोन आ गया था जब हम परेशान से हॉस्पिटल में घूम रहे थे। डॉक्टरों ने हमारा भविष्य प्रार्थनाओं पर छोड़ दिया था। फिर इन डाक्टरों में से कुछ खास डॉक्टरों से मिलवाया था उसने हमें। इसकी जरूरत नहीं थी पर शायद वो अपनी तरफ से भी कुछ करना चाहता था। मुझे इस मामले में वो नासमझ लग रहा था पर उसने अपने आपको यहाँ भी समझदार मनवाने की पूरी कोशिश की। जब तक हम पूरी तरह व्यवस्थित नहीं हो गये वो हमारे साथ ही रहा। जाते-जाते मुझ पर सम्मान भरी दृष्टि डाली और इतना भर कहा, ''सचमुच औरत 'औरत' ही होती है। जितनी महान वो है कोई आदमी कभी नहीं हो सकता। ऐसे में पता चलता है कि ईश्वर ने यह शक्ति सिर्फ औरतों को ही क्यों दी ....।'' मैं अब और व्यस्त हो गयी। पता ही नहीं चला वो नजदीक है या दूर।

होश जब आया तो लगा मैं मँझधार में हूँ और वो बादलों की तरह मुझ पर दूर दृष्टि बनाए हुए है। मैं जब भी उसे आवाज देती वो हाजिर हो जाता। पर जाने क्यों वो बिना बुलाए अब नहीं आता था। लहर और साहिल के विवाद में कितनी ही बार मध्यस्थ बना था वो। नन्हें-नन्हें सपने जब टूटे तो उसकी किरचें भी मैंने उसी को दिखाईं थीं। फिर उसने बेबस होकर अपने आशीर्वाद का हाथ मेरे सिर पर रख दिया और बस इतना कहा, मैं तुझे पहले ही कहता था तुझे अभी पूरी समझ नहीं है। जितना जल्दी तू लोगों पर विश्वास कर लेती है, नहीं करना चाहिए। मैं भी कर लेता था पर अब करना छोड़ रहा हूँ। यही दुनियादारी है। सपने थे टूट गये, अब हकीकत में जीना सीख और दिमाग से काम ले। आगे तुम खुद बहुत समझदार हो....। कभी नासमझ, कभी समझदार कैसे करता था वो मेरा विश्लेषण। मैं आज भी समझ नहीं

पाई।

सब कुछ जानकर भी किसी को कितना जान पाते हैं हम। हर बार उसमें से एक नयी परत, एक नयी सूरत खुलती जाती है। बार-बार मुझे वही शेर याद आता कि जिससे भी मिलो, जरा देर तक मिला करो कि हर आदमी में हैं कई आदमी छुपे हुए।

पर देर तक मिलने के बाद भी पूरी तरह कहाँ जान पाई थी मैं उसे। छह साल...

अब वो मेरे बुलाने पर भी नहीं आता था। सिर्फ उसकी खबरें आती थीं मुझ तक। कुछ सच्ची, कुछ कच्ची। सुनने में आया वो भी एक जश्न मनाने जा रहा है। चाहता है हम भी साथ हों। मैं खुशी से उछल पड़ी। वही अहसास याद आने लगे जिनके सहारे मैंने तीन दिन तक मित्रता सूत्र कलाई में बाँधे रखा था, सिर्फ उसके आने के इन्तजार में। फिर वो मिला अचानक, जश्न का ब्यौरा दिया, कहा उसकी कोई बहन नहीं है होती तो सब सँभाल लेती, पर बहन बनाने का प्रस्ताव नहीं दिया। मैंने उसकी आँखों में सुरमा डालने का ख्वाब बुना... सारे सपने भले ही सच न हों पर कुछ तो सच होने ही चाहिए। और ये कौन सा बहुत बड़ा सपना था। ... फिर जाने क्या हुआ उसने पीछे मुड़कर नहीं देखा, महानुभाव ने भी आगे बढ़कर उसे नहीं पुकारा। वो दूर जा रहा था... मेरा मन अपने साथ लिए जा रहा था। मैं महानुभाव के साथ खड़ी थी। दुनियावी जंजाल में उलझी उसकी आँखें मुझ तक नहीं पहुँच पायीं, मेरा सुरमा भी उस तक नहीं पहुँचा... वो और महानुभाव दूर से दूर होते जा रहे हैं। साथ में गुजरे काँच के छह बरस एक-एक कर टूट रहे हैं...। गले में रुँधी मेरी यादें सोच रही हैं कि वो मेरे साथ था या महानुभाव के साथ...

ग़ैर बाग से

ताजा पक रहे सेबों जैसे गुलाबी गाल, रुई-सा मासूम चेहरा, लम्बी घनी काली पलकें और पैरों में जैसे पहिये लगे हों, दिन भर सरपट दौड़ता-फिरता शफी मोहम्मद। सातवीं क्लास में पढ़ने वाला शरारती पर मासूम शफी मोहम्मद हर बच्चे की तरह अपने माँ-बाप का खूब लाडला था। स्कूल में पढ़ाया हर पाठ उसे झट से याद हो जाता। पढ़ने में जितना अच्छा, शरारतों में भी उतना ही तेज। पहाड़ी पगडंडियों से होता हुआ जब स्कूल से घर लौटता तो कभी किसी के बाग से सेब तोड़ लाता, तो कभी किसी बगीचे से हरे-हरे बादाम चुराकर अपनी आपा के लिए जेबों में भर लेता।

हरे-हरे बादामों से भरी फिरन की जेबें जब आपा के सामने उलटता तो पहले तो वे खूब खुश होतीं, उनकी आँखें बादाम की तरह चिकनी हो जातीं, फिर बड़प्पन उन पर हावी हो जाता और वे शफी को बेगाने बगीचे से सेब-बादाम चुराने पर फटकार लगातीं। शफी के लिए यह रोजमर्रा की बात थी, ठीक वैसे ही जैसे हर रोज दोपहर को आपा के हाथ से कड़म-भात खाना। मिर्च के अचार की सी... सी... के साथ दिन भर की झिड़कियाँ धुआँ हो जातीं।

वादी में कभी खुश्क तो कभी बर्फीले तूफान आ रहे थे। पास-पड़ोस से नौजवानों के बाद अब बच्चों के गायब होने की खबरें सुनने में आ रही थीं। इस सब से बेपरवाह शफी और उसकी आपा के दिन खूब खुशियों भरे थे। शफी सिर्फ आपा का ही नहीं अम्मी और अब्बू का भी लाडला था। और मामू जान तो जान छिड़कते थे शफी पर। जबसे उन्हें पता चला कि शफी ने अब स्कूल जाना भी शुरू कर दिया है तब से तो हर ईद पर वे उसके लिए कोई न कोई तोहफा भी भेजने लगे थे। मामू जान की दो बेटियाँ थी जिनमें से एक की बात शफी के साथ पक्की कर दी गयी थी। शफी की अम्मी की बच्चेदानी में खराबी न आती तो मामा की दूसरी बेटी भी इसी घर में आती। शफी की आपा तो थी ही इतनी सुन्दर कि शफी के जन्म से पहले ही आपा को छोटे मामू के बेटे के लिए पसन्द कर लिया गया था। हालाँकि शफी के

चचा का मानना था कि रिश्ते की पेशकश के लिए मौका पहले उसे दिया जाना चाहिए था, पर ये औरतें मर्दों की बुद्धि फेर देती हैं। शफी की अम्मी ने अपने भाई के बेटे के साथ ज़ूबी का रिश्ता कर दिया।

चचा का बेटा अनवर अब तो और भी खूँखार लगने लगा था। पठानी सूट पर पट्टू का मोटा कम्बल डालकर निकलता तो आदमी कम जिन्न ज्यादा लगता था। उस पर उसका उठना-बैठना भी दूसरे तरह के लोगों के साथ था। इस सब के चलते इश्क के रास्ते ज़ूबी को अपने घर लाने की अनवर की कोशिशें भी फेल हो चुकी थीं। अम्मी ने भी उसकी कोशिशों पर तुनक कर कहा था, "अपनी बेटी की जान हलकान नहीं करनी है हमें। मोटा चावल खा लेगी पर जाएगी शरीफ आदमी के घर।"

अम्मी की इस बात का चचा को बुरा तो बहुत लगा था पर वे खून का घूँट पी गये। बेटा जैसा भी था पर घर में रुपयों की बरसात कर दी थी उसने। पूरे गाँव में सबसे अच्छा बना दिया था उनका मकान। गाँव भर में जहाँ दूसरी मंजिल का मकान भी ढूँढने से नहीं मिलता था, वहाँ उनका मकान तिमंजिला था।

कोई चाहे कुछ भी कहे पर शफी तो इस बिगड़ैल जिन्न यानी अपने चचेरे भाई का भी लाड़ला था। ज़ूबी के घास न डालने के बाद से तो शफी ही अनवर के लिए आखिर हथियार था। वह शफी के हाथ उसकी आपा के लिए आए दिन कोई न कोई पैगाम भेजता रहता। ज़ूबी को भी अनवर पसन्द नहीं था पर तिमंजिले मकान की मालकिन बनने का मोह उसके दिल में भी कहीं न कहीं मकान बनाए बैठा था।

उस रोज तो हद ही हो गयी जब उसने कोई खुशबूदार शहरी क्रीम शफी के हाथ उसकी आपा के लिए भेज दी। क्रीम वाकई खुशबूदार है, ज़ूबी ने क्रीम की डिब्बी नाक के नजदीक लाकर सूँघी। अब्बू चाहे कुछ न कहें पर अम्मी तो मार ही डालेगी। डर के मारे ज़ूबी ने क्रीम अम्मी के हवाले कर दी।

"हाय अल्लाह, इस हरामजादे की ये औकात। मेरी बेटी किसी गैर मर्द की दी हुई खुशबूदार क्रीम अपने गालों पर मलेगी! वो भी शादी से पहले। उस कमीने को दोज़ख के अलावा और कहाँ जगह मिलेगी।"

अम्मी क्रीम और अब्बू की जूती हाथ में लिए सीधे उस तिमंजिले रईस घर में दाखिल हो गयीं। अनवर की अम्मी के साथ खूब 'तू-तू मैं-मैं' हुई।

जो गालियाँ बच गयीं वे अम्मी ने वापस लौटकर शफी पर उड़ेल दीं। "वह मर्द की जात है घर की औरतों की इज्जत का उसे ख्याल होना चाहिए। और वह अपनी आपा के लिए ही किसी भी ऐरे-गैरे से क्रीम ले बैठा।" घर का यह नन्हा मर्द रोते-रोते, आँखें मलता हुआ आपा की गोद में सो गया। शफी के सोने के साथ ही ज़ूबी ने भी खुशबू वाली क्रीम और तिमंजिले मकान की ख्वाहिश छोड़ दी। अगले

दिन जब शफी स्कूल के लिए निकला तो जूबी ने अच्छी तरह शफी को समझाया कि आज के बाद उस जिन्न से कोई चीज न ले, कोई पैगाम भी नहीं। स्कूल से सीधे घर आना। उसके पास भी न फटकना।

दिन गुजरने लगे, शफी की अनवर से दोस्ती अब भी चल रही थी पर अब उसने आपा के लिए पैगाम लेने बन्द कर दिए थे। इसके बदले में अनवर उसे कभी मक्की, तो कभी कबाब खिलाता। अनवर शफी के रास्ते जूबी तक पहुँचने की कोई कोशिश बाकी रखना नहीं चाहता था।

एक दिन अचानक कुछ ऐसा हुआ जिसके बारे में न अम्मी ने सोचा था, न जूबी ने और न ही खुद शफी ने। और अब्बू को तो ऐसा सोचने की फुरसत ही नहीं थी।

उस दिन शफी स्कूल के लिए निकला। पढ़ाई भी की। गैर बाग से आपा के लिए बादाम भी तोड़े और सेब भी। स्कूल के बाद अनवर के साथ उस छोटे से बाजार में कबाब भी खाए।

पर इस सबके बाद वह घर नहीं लौटा। दोपहर के बाद शाम भी ढल गयी पर शफी का कुछ अता-पता नहीं था। अम्मी और अब्बू ने हर मुमकिन जगह ढूँढ़ा पर शफी का कहीं कुछ पता नहीं चला।

जूबी अम्मी और अब्बू के साथ बदहवास-सी अब भी शफी को ढूँढ रही थीं। गाँव के एक आदमी ने बताया कि "नाले के पास किसी का बस्ता पड़ा हुआ है, खुदा न करे... कहीं शफी का ही न हो।" अम्मी, अब्बू, आपा और उनके साथ आसपास के ढेरों लोग नाले की तरफ दौड़ पड़े।

बस्ता शफी का ही था। बस्ता देख अम्मी और आपा वहीं ढेर हो गये। गाँव वालों ने यही नतीजा निकाला कि हमेशा शरारतों में लगा रहने वाला शफी नाले के किनारे भी कोई शरारत कर रहा होगा। बरसात के दिनों में नाले के आस-पास काई बहुत जम जाती है। काई पर ही कहीं शफी का पैर फिसल गया होगा। पहाड़ी नालों की धार कभी रुकी है आज तक जो कोई बचेगा, बह गया होगा दूर कहीं...

शफी के आसपास घूमने वाली शगुफ्ता और अम्मी की जीवन चकरी रुक गयी। जूबी जवान थी, उसने जैसे तैसे खुद को और घर को सँभाल लिया पर अम्मी अब जवान नहीं रह गयी थीं। उसने बिस्तर पकड़ लिया।

शफी के मामा ने बड़ा अफसोस जाहिर किया, पहले शफी के न रहने का फिर बेटी के लिए शफी का रिश्ता टूट जाने का। छोटे मामू जान भी साथ थे। अब तो दोनों बेटियाँ जहाँ जाएँगी छोटे मामू के बेटे के लिए भी वहीं की लड़की लाएँगे। शफी के साथ ही जूबी का रिश्ता भी टूट गया।

अब्बू पहले ही वारिस के न रहने पर दुखी थे। अब तो जूबी का रिश्ता टूट

जाने से वे और भी ज्यादा दुखी हो गये। फिर काजी साहब ने सुझाव दिया कि सब कुछ तो अपने हाथ में नहीं होता पर खानदान को वारिस देना तो हर मर्द की जिम्मेदारी है। अम्मी अब इस काबिल नहीं रह गयी थीं। इसलिए अब्बू ने साल भर के अन्दर दूसरा निकाह पढ़वा लिया।

पुरानी अम्मी पुरानी खाट की तरह घर के एक कोने में पड़ी रहतीं और नयी अम्मी घर की रौनक बन गयीं। नयी और पुरानी दोनों अम्मियों की खिदमत और तीमारदारी जूबी की जिम्मेदारी थी। साल दर साल नयी अम्मी ने अब्बू को तीन बेटे और दो बेटियाँ दीं। पर जूबी की यादों में अब भी शफी की बादामी आँखें चमचमाया करती थीं। जूबी अपने सौतेले बहन भाइयों को नहलाती, सुरमा लगाती और अपने हाथों से खाना खिलाती। पानी की छपछप, आँखों के सुरमे और थाली के भात में उसे अब भी शफी की ही याद आती।

जूबी की उम्र शादी लायक हो चुकी थी पर नयी अम्मी को डर था कि अगर वह चली गयी तो घर कौन सँभालेगा। उस पर अब्बू भी बढ़े हुए खर्चों में आपा की शादी के लिए सोना इकट्ठा नहीं कर पा रहे थे। अपने निकाह के लिए ही बड़ी मुश्किल से अब्बा ने महर की रकम इकट्ठा की थी। नयी अम्मी को किया गया गले की चैन का वादा अब्बा अब भी पूरा नहीं कर पाए थे। अम्मी जब-जब रूठतीं इसी चैन का उलाहना अब्बा को देती और मायके से अपने भाई मीर हसन को बुलवा भेजती। वह दो चार दिन रुकता, अब्बा से फिर वायदा लेता, अम्मी मान जातीं और मीर हसन वापस चला जाता।

मीर हसन के बार-बार चले आने की वजह सिर्फ बहन का प्यार ही नहीं कुछ और भी था। वह मन ही मन शगुफ्ता को पसन्द भी करने लगा था। शगुफ्ता को भी मीर हसन का बार-बार आना अच्छा ही लगता था।

पाँच बच्चों के बीच नयी अम्मी भी पुरानी पड़ने लगी थीं। वारिस पाने की अब्बा की ख्वाहिश भी एक नहीं तीन बार पूरी हो चुकी थी। इस बार अम्मी रूठीं तो अब्बा ने भी चैन का वादा नहीं किया, मीर हसन के लिए अच्छा मौका था उसने जूबी का हाथ माँग लिया। अब्बा भी राजी हो गये। जूबी को तो जैसे सौ झँझटों से निजात मिल गयी।

जूबी शफी को याद करते हुए अपनी अम्मी, नयी अम्मी के तीन बेटों और दो बेटियों को रोता छोड़कर रुख्सत हो गयी।

जूबी मीर हसन की मुँह माँगी मुराद थी, उसने उसे सर आँखों पर बैठा लिया। अनवर की दी हुई क्रीम फेंकने के अरसे बाद जूबी को कोई चाहने वाला मिला था। जूबी भी मीर हसन के प्यार में हीर हो गयी।

बरसों से नयी अम्मी के बच्चे-कच्चे सँभाल रही जूबी ने मीर हसन के कुनबे

को भी बड़ी शाइस्तगी से संभाल लिया। मीर हसन सरकारी मुलाजिम था, इस बात ने ज़ूबी का रुतबा हर जान-पहचान वाले में खूब बढ़ा दिया था। मीर हसन ने ज़ूबी के लिए पाँच तोले के कड़े बनवाए। शहर में आकर ज़ूबी का उठना-बैठना बड़े-बड़े सरकारी मुलाजिमों के बीच था। सर्दियों में जब दरबार श्रीनगर से जम्मू मूव हो जाता मीर हसन ज़ूबी को भी अपने साथ ले जाता। बाकी कुनबे से दूर जाड़े के ये दिन, ये जोड़ा खूब मजे में गुजारता। मीर हसन ने ज़ूबी को बुर्के से भी निजात दिला दी थी। चूड़ीदार पायजामी पहनकर ज़ूबी बाजार निकलती तो देखने वालों की नजरें थम जातीं। ज़ूबी की खोई खूबसूरती को मीर हसन के प्यार ने दोबारा लौटा दिया था। अपनी शान-ओ-शौकत और मीर हसन के प्यार में पूरी तरह डूब चुकी थी ज़ूबी कि एक दिन अब्बा आये।

उनकी जेब में शफी का खत था। अब्बू ने सोचते-घबराते यह खत ज़ूबी को दिखाया। खत में शफी ने सलाम और अपनी खैरियत भेजी थी। ज्यादा कुछ नहीं लिखा बस इतना ही बताया कि वह घबराएँ नहीं, वह जल्दी ही अपने घर लौटेगा।

ज़ूबी का दिल जोरों से धड़कने लगा और आँखें बरसाती नालों की तरह बहने लगीं। उनका शफी ज़िन्दा है, उसे कुछ नहीं हुआ... तो क्या वह.... कहीं किसी ने मजाक तो नहीं किया। ज़ूबी आशंकाओं में डूबती-उतरती रही।

खत किसने भेजा, कब आया, आपने भेजने वाले का पता क्यों नहीं पूछा... एक के बाद एक कई सवाल ज़ूबी ने अब्बा पर दाग दिए। बेचारे अब्बा के पास इनमें से किसी भी सवाल का जवाब नहीं था। वे जितने खुश थे, ज़ूबी के सवालों से उतने ही आशंकित और आतंकित हो गये। मीर हसन की 'जनरल अवेयरनैस' इस बारे में कुछ और ही संकेत दे रही थी। उसे डर था कि कहीं दफ्तर वालों को इस खत के बारे में कुछ पता चल गया तो कहीं मुश्किल ही न हो जाए। मीर हसन की नौकरी के लिए शफी के इस तरह मिलने से तो उसका गुम हो जाना ज्यादा बेहतर था। पर कहीं न कहीं यह भी सुकून था कि अब लोग उससे भी डर कर रहा करेंगे। यह डर अगर काम कर गया तो उसकी रुकी हुई प्रमोशन मिलने में भी ज्यादा देर नहीं लगेगी।

मिले जुले इन अहसासों के साथ अब्बा वापस अपने गाँव लौट गये।

कुछ ही दिन बाद वे फिर लौटे शफी का एक और खत लेकर। इस बार उन्होंने ज़ूबी के तमाम सवालों के जवाब जुटाने की कोशिश की पर नाकाम रहे। खत में उसने बताया कि उसकी तालीम पूरी होने वाली है। ऊपर वाले ने चाहा तो वह जल्दी ही अपने गाँव लौटेगा।

अब्बा ने बताया कि शफी के खत डाक से नहीं आते। हर बार कोई नया आदमी देकर जाता है। और इस बार तो खत के साथ 1500 रुपये भी थे। कहलवाया

है कि अगली बार जब खत आए तो उसी आदमी के हाथ आपा का एक फोटो भी भिजवा दें। बहुत याद आती है उनकी।

शफी के खत आने शुरू हुए तो बिस्तर से चिपकी शफी की अम्मी की रगों में भी लहू दौड़ने लगा। जब-जब भी शफी का खत आता अब्बा सारे गाँव में उसे घुमाया करते।

नयी अम्मी सौतन की बेहतर होती सेहत और शफी के खतों से खौफ खाने लगी। उसे घर की अपनी रियासत हिलती-डुलती सी महसूस होने लगी।

कुछ महीने बाद ज़ूबी के लिए शफी का एक और खत आया, लिखा था, ''मुझे आपा की बहुत याद आती है। मेरी तालीम पूरी हो चुकी है। अब मुझे ट्रेनिंग के लिए भेजा जा रहा है। पहली कमाई में से ये कुछ रुपये भेज रहा हूँ। सबको मेरा सलाम। जल्दी ही लौटूँगा।''

महीनों तक हर रोज ज़ूबी उस खत को नमाज की तरह दिन में पाँच-पाँच बार पढ़ा करती। सोचती देर से ही सही मेरा शफी मेरे पास वापस लौट आए। न जाने किस हाल में होगा मेरा भाई। इंसान कितना भी भला क्यों न हो बैठाकर थोड़े ही खिलाएगा। न जाने क्या-क्या करना पड़ता होगा वहाँ मेरे नन्हें से शफी को।

महीनों बाद शफी का फिर एक खत आया। इस बार उसने खत के साथ अपनी कुछ तस्वीरें भी भेजी थीं और लिखा था, ''अम्मी, अब्बू और आपा, हो सकता है आपको मेरी बात का यकीन न आए इसलिए मैं ये तस्वीरें भेज रहा हूँ। मैं यहाँ मजे में हूँ। अब तो पढ़ाई की भी टेंशन नहीं है। जब यहाँ आया था तो खूब रोया करता था आप सभी को याद करके। पर अब मैं बच्चा नहीं रहा। मुझे मालूम हो गया है कि अल्लाह पाक ने हमें किसी मकसद के लिए बनाया है। हर इन्सान को कौम के लिए अपना यह फर्ज निभाना चाहिए। अनवर भाई जान तो अक्सर आते हैं यहाँ। बड़ा नाम चलता है उनका यहाँ पर। मुझे भी तो वही लाए थे यहाँ पर। बाकी सब भी यहाँ बहुत अच्छे हैं। मेरी ही उम्र के बहुत सारे दोस्त हैं मेरे यहाँ। रहना, खाना, सोना सब साथ में। बड़ा मजा आता है।

''बड़े रसूखदार लोग आते हैं हमसे मिलने, पर जब हमारे पास आते हैं तो हमारे ही दस्तरख्वान पर खाना खाते हैं। अंग्रेजी तो उनकी कमाल की है, पर हमसे हमारी जुबान में ही बात करते हैं। कहते हैं इससे मोहब्बत बनी रहती है। यहाँ के काजी साहब तो मुझ पर जान छिड़कते हैं। कहते हैं तू मेरा लायक बेटा है।''

शफी के लिखे शब्दों के साथ शगुफ्ता उसकी बताई जगहों और उसके बताए लोगों से मिलती चली गयी। खत पूरा होते होते फिर से उस दिन को याद करने लगी जब उसकी जिन्दगी ही थम गयी थी। ''अम्मी ठीक कहती थीं मरा नहीं है हमारा शफी, उसी हरामजादे की निगाह थी मेरे भाई पर।'' कहते कहते आपा तस्वीरें

देखने लगीं। शफी जवान हो चुका था। ये तस्वीरें उसने किसी पार्क में खड़े होकर खिंचवाई थीं। पीछे चल रहे फव्वारों से लगता था कि पार्क वाकई शानदार है। धूप का काला चश्मा माथे पर चढ़ाए, हाथ में मोटी चैन की घड़ी और तंग जीन्स पहने किसी फिल्मी हीरो से कम नहीं लग रहा था शफी। तस्वीरों में शफी को देखते-देखते आपा की आँखें छलकने लगीं। वक्त कितना भी मुश्किल हो, जब कटता है तो पता ही नहीं चलता।

जूबी अपने भाई, अपने नन्हें शफी से मिलना चाहती थीं। शफी ने ख़त में सब कुछ लिख दिया पर अपना पता नहीं लिखा। हो सकता है काजी साहब ने उसे इतने की ही इजाजत दी हो। आपा अपने मन को समझा लेती और महीनों तक बार-बार वही ख़त पढ़ती रहतीं।

इस बार लगभग डेढ़ साल बाद ईद पर शफी का ख़त आया।

''अम्मी, अब्बू और आपा को सलाम आलेकुम।

''काजी साहब मेरे काम से बहुत खुश हैं। मैंने उनसे गाँव आने की इजाजत माँगी थी। वे कहते हैं नौजवानों को काम में दिल लगाना चाहिए। फिर भी आप सबकी याद तो आती ही है। मेरी ट्रेनिंग लगभग पूरी होने को है। फिर मुझे एक बड़ा काम करना है। उसके बाद मैं आप सबसे मिलने जल्दी ही गाँव लौटूँगा। फिर मैं और आप ढेर सारे हरे-हरे बादाम तोड़ कर खाएँगे। वो भी औरों के बगीचे से चुराकर। सच चुराए हुए बादाम कितने लजीज होते हैं। कुछ पैसे भेज रहा हूँ अम्मी और आपा के लिए, ईद पर नए कपड़े तो होने ही चाहिए न। आपा आपका भाई अब बड़ा हो गया है।''

जूबी को अपने भाई के बड़प्पन पर भरपूर गुमान हुआ। शफी के भेजे पैसों से उसने आरी की कढ़ाई का गरम सूट सिलवाया। सूट पहनकर उसे लगता जैसे उसने अपने भाई को गले से लगा लिया है। शगुफ्ता शफी से मिलने के लिए और तड़पने लगी।

जूबी को लगने लगा था कि अब उसका इन्तजार खत्म होने वाला है। मीर हसन के प्यार से ज्यादा अब तो उसे शफी का इन्तजार रहने लगा। जूबी ने अपने निकाह की एलबम के खाली पड़े पन्नों में शफी की तस्वीरें लगा लीं। ''निकाह के वक्त अगर शफी भी होता तो कितना मजा आता। पर अगर शफी होता तो क्या वो यहाँ होती ...'' शगुफ्ता समझ नहीं पाई कि शफी का जाना उसकी किस्मत के हिसाब से सही था या गलत।

छह महीने बाद शफी का एक और ख़त आया। यह ख़त भी सिर्फ आपा के नाम था पर एक नयी मोहब्बत से लबरेज, ''आपा मैंने एक लड़की पसन्द की है जीनत। वो भी चाहती है मुझे। हम दोनों निकाह करना चाहते हैं। ख़त के साथ

उसकी तस्वीर भेज रहा हूँ। आपकी रजामंदी होगी तभी बात आगे बढ़ाऊँगा, वरना लड़कियाँ क्या कम हैं इस जहान में। मेरी आपा जहाँ कहेगी वहीं होगी उनके शफी की शादी।'' तस्वीर एक हुस्न परी की थी। उम्र बमुश्किल 18-19 साल होगी। आँखों की पलकें बिल्कुल शफी जैसी, लम्बी काली घनी-घनी। गहरे नीले रंग का अभाया पहना था।

''शफी अब भी शरारती है। बातें तो ऐसे करता है जैसे आपा के बिना पूछे कुछ करता ही न हो।'' तस्वीर देखते ही जूबी ने मुस्कराते हुए अपनी रजामन्दी खत के साथ लिफाफे में रख दी। जीनत की तस्वीर भी उसने अपने निकाह की एलबम में ही शफी की भेजी तस्वीरों के साथ लगा ली। अब जूबी मिलने-जुलने वालों को शफी के साथ जीनत की तस्वीरें भी दिखाया करती। तस्वीर देखते ही लोग पूछते कहाँ से ढूँढी है ये हुस्नपरी, और जूबी का गुमान चौथे आसमान पर पहुँच जाता।

दो ही महीने बाद शफी का फिर ख़त आया। पर इस खत में उसका शरारती छोटा भाई नहीं, एक मायूस और टूटा हुआ नौजवान था, ''आपा दुनिया उतनी सीधी-सादी नहीं है जितनी पहली नजर में देखने पर लगती है। जीनत काजी साहब की दूर की रिश्तेदार है। काजी साहब हम दोनों को मिलने नहीं देते। कहते हैं ''नौजवानों का दिल काम में लगना चाहिए। खुदा ने उन्हें बड़े मकसद के लिए बनाया है। 72 हूरें तुम्हारा इन्तजार कर रहीं हैं और तुम.....'' बहुत कुछ कहते हैं काजी साहब। मैं भी अपने आपको पूरी तरह उनके हवाले कर चुका हूँ। मेरा दिल किसी काम में नहीं लगता। पहले मुझे मेरी आपा से जुदा कर दिया और अब जीनत के निकाह की तैयारियाँ हो रहीं हैं।'' ख़त के साथ इस बार उसने नोटों का मोटा बण्डल भेजा था।

आपा इस बार शफी के गम में डूब गयीं और उसे यह समझते देर न लगी कि उसका शफी कहाँ है। मिलने की तड़प में अब न मिलने का डर भी घुलने मिलने लगा था।

उसने झोली फैलाकर ऊपरवाले से दुआ माँगी, ''ऐ खुदा मेरे भाई को इन मुसीबतों से निजात दिला। उसे आज़ाद कर दे इन झँझटों से। नोटों के बँडल उन्हीं को मुबारक, मुझे बस मेरा भाई लौटा दे।''

जूबी की इस दुआ ने असर किया या नहीं उसे पता नहीं चला। सर्दियाँ बढ़ने लगी थीं। जूबी मीर हसन के साथ फिर जम्मू आ गयी। सर्दियों में जम्मू आकर जूबी और मीर हसन नए जोड़े की तरह आज़ाद हो जाते। दीन दुनिया से बेखबर, मौसम का भरपूर लुत्फ उठाते।

सर्दियों में अब्बू के लिए बार-बार जम्मू आना मुमकिन नहीं था। मौसम खराब हो जाए तो कई-कई दिनों तक रास्ते में फँसे रहने का खतरा था। ऐसे में

अपने-अपने घरों में छोटे-मोटे काम निपटाकर कम्बलों में दुबके रहना ही सबसे बेहतर था।

सर्दियाँ चाहे कितनी हो, ईद पर मीर हसन और ज़ूबी श्रीनगर जरूर जाते थे। ईद की मुबारकबाद देने ज़ूबी अपने गाँव पहुँची तो घर का माहौल मातमी था। एक और खत आया था पर यह शफी का नहीं था। अब्बू ने खत ज़ूबी और मीर हसन के हाथ में थमा दिया।

खत में लिखा था, "आपको फख्र होना चाहिए। आपका शफी वतन के काम आया। आप ग़म न करें, उसकी रुखसती पूरी शान से की गयी है। ख़त के साथ उसका चश्मा, कुछ कपड़े, घड़ी और तस्वीरें थीं।" अलग-अलग तस्वीरों में काले बुर्के में लिपटी औरतें शफी की देह के चारों तरफ बैठी फातिहा पढ़ रही थीं। बीचों-बीच कफ़न में लिपटी पड़ी थी शफी की लाश। शफी की आँखों में गहरे जख्म थे। शफी निढाल पड़ा था और उसकी आँखें बेगाने बगीचे से चुराए हुए बादामों जैसी लाचार। लग रहा था जैसे बादामों से किसी ने गिरी चुरा ली हो। अब तक हर तसवीर को अपनी एलबम में सजाती आ रही ज़ूबी इन तस्वीरों के लिए तैयार नहीं थी। बादाम के बगीचे, अनवर की दी हुई क्रीम की डिब्बी, पहाड़ी नाले के किनारे पड़ा शफी का बस्ता एक-एक कर सब ज़ूबी की आँखों के सामने आने लगे... वह बिलखती हुई जमीन पर गिर पड़ी....। क्या सचमुच बहुत स्वाद होते हैं ग़ैर बाग से चुराए बादाम?

भेड़िया

दादी याद आती तो उनके साथ ही अक्सर भेड़िया भी याद आ जाता। दादी खुद तो आँगन में सोती पर हमें भीतर कमरों में सुलाती। उन्हें डर था कि कहीं भेड़िया घर की किसी बच्ची को न उठा ले जाए। हम भी जोश से कहते, ''भेड़िया जब उठाकर ले जाएगा, तो क्या हमारी नींद नहीं खुलेगी। हम डंडे से मार-मारकर भेड़िये को भगा देंगे।'' पर हमें यकीन था कि ऐसी स्थिति में हम दादी को आवाज लगाने के अलावा और कुछ नहीं कर पाएँगे। अपनी मजबूती और हौंसले के लिए प्रसिद्ध दादी हंसिये से ज्वार या बाजरा की तरह उसकी गरदन काट देगी। इस बात पर अक्सर दादी मुस्कुरा देती। पर कभी-कभी हताशा और निश्चय मिश्रित भाव से कहती, ''यही फर्क है बेटा शेर और भेड़िये में। शेर अपने शिकार को शिकार की तरह झपटता है। लेकिन भेड़िया उसे पहले दोस्त बनाता है, फिर उसे खाता है। कहते हैं भेड़िये को हँसते हुए बच्चे खाने में मजा आता है। इसलिए भेड़िया सोते हुए शिकार को दबे पाँव उठा ले जाता है। दूर एकान्त में उसे अपने पंजों और गर्दन से गुदगुदाता है। फिर जब वह खूब खुश होकर हँसने खिलखिलाने लगता है तब उसे अपना शिकार बनाता है।'' हमें दादी की ये बातें किसी परी कथा से ज्यादा रोमांचक लगतीं और हम किसी दिन भेड़िये के आ जाने की कल्पना भर से ही पहले पुलकित फिर भयभीत हो जाते।

एक बार छुट्टियों में हमने जिद पकड़ ली आँगन में सोने की। तब थक हारकर दादी ने अगली छुट्टियों में आँगन में सोने देने का आश्वासन दिया। जो काम अगली छुट्टियों में हो सकता है, वह इस बार क्यों नहीं, इसकी समझ हमें अगली छुट्टियों में आँगन की दीवार देखकर आयी। हमारे पहुँचने से पहले ही दादी ने आँगन की कच्ची दीवार और ऊँची करवा दी थी। अब आँगन कुछ बन्द-बन्द पर पहले से ज्यादा सुरक्षित हो गया था। गुलाबी और हरे रंग से दीवार पर बेल-बूटे भी बनाए थे। बेल के फूलों के बीच में जगह-जगह छोटे-छोटे शीशे लगाकर दीवार को दादी ने कलात्मक बना दिया था।

दादी को लगता था कि भेड़िया अब दीवार नहीं लाँघ पाएगा। बच्चों के सोने के लिए आँगन अब पहले से ज्यादा सुरक्षित है। इसके बावजूद दादी ने आँगन में सोने देने के लिए एक और शर्त लगा दी कि एक रात में सिर्फ एक बच्ची ही उनके साथ बाहर सोएगी। हमारे सोने के बाद दादी हमारी टाँग अपनी टाँग के साथ रस्सी से बाँध लेती। ताकि अगर भेड़िया दबे पाँव आ भी जाए तो हमें उठाते ही दादी की नींद खुल जाए और वे भेड़िये की इस धृष्टता का जवाब दे सकें।

दादी के चेहरे पर नजर आने वाला भेड़िये का वही आतंक एक दिन पिताजी के चेहरे पर भी नजर आया और उन्होंने गाँव से दूर शहर में ही छुट्टियाँ बिताने का निश्चय किया। पड़ोस के कुम्हार की बेटी जो खेत में घास लेने गयी थी, कहते हैं उसे भेड़िये ने अपना शिकार बना लिया था। यह रात की वीरानी की नहीं बल्कि जेठ की दुपहरी की सुनसान घटना थी। हर तरफ कुम्हार की लड़की के ही किस्से थे। उसके बाद से लड़कियों ने अकेले खेत में जाना बन्द कर दिया और पिताजी ने लड़कियों को गाँव ले जाना।

दिन गुजर रहे थे, कि एक दिन अचानक खबर मिली कि भेड़िये ने शहर में भी दस्तक दे दी है। गाँवों के सुनसान खेतों के साथ-साथ अब शहर की गलियाँ भी उससे सुरक्षित नहीं रहीं। सुनने में यह भी आ रहा था कि शहर में आने से पहले ही भेड़िये ने अपनी चाल और चेहरा भी बदल लिया है। अब वह केवल चरित्र से पहचाना जाएगा, उसे उसके बदले हुए चेहरे में पहचानना और मुश्किल हो गया है। दादी अब नहीं थी, हमें डर लगा कि अब अगर भेड़िया आ गया तो कौन उसका हँसिये से मुकाबला करेगा। हम ही नहीं पिताजी भी हमसे ज्यादा डरने लगे थे। पिताजी और उनके कुछ दोस्तों ने अपनी-अपनी गलियाँ एक तरफ से बन्द करवाने का फैसला लिया। ताकि अगर भेड़िया गली के एक रास्ते से अन्दर आ जाए तो उसे भागने के लिए दूसरा रास्ता न बचे।

पिताजी की यह सुरक्षा जिन्दगी भर काम आयी। हम पर भेड़िये ने कभी हमला नहीं किया। हम खुश थे और बन्द गलियों को इसका स्थायी हल मानने ही वाले थे कि एक दिन कहीं से खबर आयी कि भेड़िये ने मोहल्ले की ही एक बच्ची को अपना शिकार बना लिया है। हम हैरान थे इस बात से कि जब सब गलियाँ बन्द थीं तो भेड़िया अन्दर आया कैसे। पर भेड़िया हमसे ज्यादा चालाक निकला। वह गली में ही नहीं हमारे घर में भी दाखिल हो चुका था। दादी ठीक कहती थीं भेड़िये की आहट को पहचान पाना बहुत मुश्किल होता है। अब भेड़िया हमारे बीच घुल मिल कर रह रहा था और हम उसे पहचान नहीं पा रहे थे। देखने में वह बिल्कुल किसी आम आदमी की तरह लगता था पर मौका पड़ते ही अपना चरित्र बदल लेता और किसी भी बच्ची पर झपट पड़ता। उस बच्ची के साथ भी ऐसा ही हुआ था।

भेड़िया बहुत दिनों से उनके यहाँ किराए पर रह रहा था। हँसमुख और मिलनसार भी था। जल्दी ही उसने सबका विश्वास जीत लिया और मौका मिलते ही उस घर की बच्ची को अपना शिकार बना लिया।

वह लड़की अब पूरे मोहल्ले के लिए एक समस्या हो गयी थी और मोहल्ले के सम्भ्रान्त लोग इसका हल ढूँढ रहे थे। जब कुछ समझ में न आया तो भेड़िये का भला परिवार देखते हुए बच्ची को सदा-सर्वदा के लिए भेड़िये के ही सुपुर्द कर दिया गया।

हम पर भेड़िये का आतंक दिनों-दिन बढ़ता ही जा रहा था। हम डरे हुए थे। हम अब किराएदारों से बहुत डरने लगे थे। सयानी औरतों ने निश्चय किया कि जिस घर में भी भोली भाली मासूम बच्चियाँ हैं उन्हें अपना मकान किसी को किराए पर नहीं देना चाहिए। और सयाने लोगों ने अपने मकान किराए पर देने बन्द कर दिए।

दिन और मजे में गुजर रहे थे, बच्चियाँ अब पहले से ज्यादा खुश, आज़ाद और स्वावलम्बी नजर आने लगी थी। हँसती-खिलखिलाती जब वे स्कूल-कॉलेज जाती तो और खूबसूरत नजर आतीं। शहर के सम्भ्रान्त लोगों के समूह हमें भेड़ियों से निपटने के गुर सिखा रहे थे। दुपट्टे का फन्दा बनाना, टँगड़ी मार कर गिराना, अन्धेरे में आती आहटों को पहचानना, कोहनी से धक्का देना, पर्स में पिन रखना....आदि आदि। लड़कियाँ ये गुर सीखकर पहले से ज्यादा मजबूत हो गयी थीं। अब अपनी सुरक्षा के लिए उन्हें दूसरों की जरूरत नहीं पड़ती थी। वे कहीं भी अकेले आ जा सकती थीं। पर अचानक एक दिन ऐसी ही एक मजबूत लड़की जो हमेशा खुश रहती थी फिर से भेड़िये की शिकार हो गयी। हम हैरान थे कि इतना सब सीखने के बाद भी वह भेड़िये का मुकाबला क्यों नहीं कर सकी। मालूम हुआ कि जितने समझदार हम हुए थे उतना ही ज्यादा चालाक अब भेड़िया भी हो गया था। अब उसने अपना स्थायी शरीर छोड़कर हर आदमी में थोड़ा-थोड़ा वास कर लिया था। समय रहने पर वह किसी भी शरीर में प्रवेश कर सकता था और निकल भी सकता था। अब उससे निपटना और भी मुश्किल हो गया था क्योंकि वह हवा की तरह अदृश्य, भावनाओं की तरह अवर्णनीय हो गया था। उसने हमारे सब प्रशिक्षणों की काट खोज ली थी। इस लड़की के साथ भी कुछ ऐसा ही हुआ था। भेड़िये ने जब उसे अपनी मीठी बातों में फुसलाया वह खुश हो गयी। जब उसने उसकी गर्दन पर गुदगुदाया वह खिलखिलाने लगी। वह हँसती रही, खिलखिलाती रही और धीरे-धीरे अपने सब प्रशिक्षण भूल गयी। जब वह हँसी तो उसकी आँखें बन्द हो गयीं और ठीक उसी समय भेड़िये ने अपने चेहरे पर चढ़ा नकाब हटा दिया। अपने पैने दाँतों और नाखूनों से भेड़िये ने उसे लहूलुहान कर दिया। दुपट्टे का फन्दा बनाना, टँगड़ी मार कर गिराना, पर्स की पिन का इस्तेमाल, कोहनी का इस्तेमाल....धीरे धीरे

सब गुम होता चला गया। भेड़िया उसे गुदगुदा रहा था, वह हँस रही थी। भेड़िये के दाँत उसे चबाए जा रहे थे ओर वह धीरे-धीरे पिघलती-खोती जा रही थी।

मजबूत, होशियार, खुशमिजाज लड़कियों के भेड़ियों से हारने के किस्से दिनोंदिन बढ़ते जा रहे थे। स्कूल, कॉलेज, ऑफिस, शहर, गाँव अब हर जगह भेड़ियों के तत्व विचरने लगे थे। अब हर समय, हर जगह लोग डरे-सहमे रहते। सब कुछ ठीक ठाक होते हुए भी भेड़िये की दहशत उनके दिलों दिमाग पर छाई रहती। हर शख्स एक दूसरे को शक की निगाह से देखता...

भेड़ियों की शिकार लड़कियों की तादात बढ़ती जा रही थी। भेड़िया दिनों दिन बढ़ता जा रहा था, लड़कियाँ कमजोर होती जा रही थीं। पर इस सबके बीच एक बड़ा परिवर्तन नजर आया। भेड़िये की शिकार लड़कियाँ अब गायब नहीं होती थीं, बल्कि वह जिन्दा रोबोट बन जाती थीं। चलने, फिरने, काम करने वाली लड़कियाँ। बाहर से मजबूत, भीतर से कमजोर लड़कियाँ। सब कुछ ठीक था। वातावरण में हवा, पानी, मिट्टी की तरह भेड़िये की दहशत स्थायी होने लगी थी। शोध अब भी चल रहे थे। भेड़ियों के बढ़ते जाने के, उससे निपटने के और भेड़ियों की शिकार लड़कियों को फिर से वापस हँसती खेलती लड़कियाँ बनाने की कोशिश के....

गाँठें

मैं जब जन्मा तब रोया नहीं था। इसलिए मेरे पैदा होते ही मेरी माँ रो पड़ी। डॉक्टर कहते थे कि मैं शायद कभी सुन और बोल न सकूँ। मेरे मस्तिष्क का पूरी तरह विकास नहीं हो पाया है। मैं गूँगा, बहरा, मन्दबुद्धि, दुनिया के लिए गैर-जरूरी हो गया।

मेरे जन्म के बाद मेरे पिता को अहसास हुआ कि उन्हें ऐसा नहीं करना चाहिए था। मेरी माँ दूर के रिश्ते में उनकी बुआ लगती थी। उन्होंने सबके खिलाफ होकर उनसे शादी की। तब वे आधुनिक थे, पुरानी मान्यताओं को तोड़ डालना चाहते थे। लेकिन मेरे जन्म के बाद उन्हें अहसास हुआ कि उन्होंने जो किया, वह पाप था। और पाप से ही ऐसी विकृत सन्तानें पैदा होती हैं। अब वे इसका प्रायश्चित करना चाहते थे। इसके लिए उन्होंने मेरी माँ से सम्बन्ध-विच्छेद का फैसला किया। मन्दिरों में झाड़ू लगाई। कन्या-पूजन किया। हनुमान मन्दिर में 40 दिन पोंछा लगाया। गुरुद्वारे में जूते साफ किए...। और फिर परिवार के कहने पर एक दूसरी लड़की से शादी कर ली। इसके साथ उनके सम्बन्ध पाप नहीं थे।

माँ पिताजी से अलग थी। वह न गलती छोड़ना चाहती थी और न पिताजी को। इस सम्बन्ध के बारे में उसकी अपनी कोई परिभाषा नहीं थी। बस एक आस्था थी, जिद और मजबूरी भी, इससे बँधे रहने की। उसने अपनी साड़ी के पल्लू में एक गाँठ बाँध ली कि अगर मैं ठीक हो गया तो वह पीर बाबा की मजार पर चादर चढ़ाएगी।

दादी ने पिताजी की गलती भी सुधारी और माँ की मजबूरी को भी जगह दी। घर के पिछली तरफ का एक कमरा उन्होंने माँ और मेरे रहने के लिए दे दिया। घर में खाने-पीने की कोई कमी नहीं थी। न मुझे, न माँ को। फिर भी माँ खुश नहीं थी। वह बूढ़ी, बीमार सी दिखती। मुझे देखकर कभी खुश होती तो कभी रोती रहती। और फिर पल्लू में गाँठ बाँध लेती। एक-एक कर उसकी कई साड़ियों में गाँठें बँध गयी थी।

मैं पिताजी को पिता नहीं कह सकता था, यह पाप था। छोटी माँ के आने के बाद घर में एक छोटा भाई और बहन भी आए। वे दोनों सुन्दर थे, बोल सकते थे, सुन भी सकते थे। पिताजी उन्हें देखकर खुश होते। वह पिताजी को पिता कह सकते थे।

मुझे देखते ही मेरे अच्छे पिता को न जाने क्या हो जाता। वह पागलों की तरह मुझ पर और मेरी माँ पर बरस पड़ते। शायद मेरा होना उनके प्रायश्चित पर पोंछा फेर देता था। बाकी सबके लिए मेरा होना एक असभ्यता, एक मजाक था। एक बदनुमा-सा उदाहरण भर। छोटे भाई-बहन के लिए भी। जिसे देखकर वे हँसते। कभी मुझ पर पानी डालते। कभी सिर पर गुब्बारे मारते, मैं रोता तो खूब हँसते। उन्हें हँसता देखकर मैं भी हँसता, तब वे और मारते। वे स्कूल जाते, मैं नहीं जा सकता था। वे सुन्दर कपड़े पहनते, मैं नहीं पहन सकता था। मेरे मुँह से लार गिरती रहती। मैं जो भी पहनता वह गन्दा हो जाता। कभी-कभी मैं निक्कर में पेशाब कर देता, तब छोटी माँ मुझे बहुत पीटती। वे पिताजी को उनके पाप और माँ को उनकी चरित्रहीनता की याद दिलाती। मैं किसी लायक नहीं था, मैं कुछ नहीं कर पाता। पिताजी मुझे हाथ भी नहीं लगाना चाहते थे। इसलिए जब वे मुझ पर बहुत गुस्सा होते तो जूते और लातों से मुझे पीटते। वे माँ के कमरे तक सिर्फ मुझे ढूँढने या हम दोनों के होने पर अफसोस जताने ही आते। मेरे सब त्योहार यूँ ही लानतों, जलालतों में बीतते। और माँ के मेरी गलतियों पर पिटते हुए।

एक दिन माँ ने मुझे नहलाकर धूप में बैठाया। बच्चे गली में खेल रहे थे। मैं भी वहाँ पहुँच गया। मुझे नंगा देख सब लड़कों ने मेरे शरीर पर आगे पीछे मारना और जोर-जोर से हँसना शुरू कर दिया। चोट तो लगी पर उन्हें हँसता देखकर मैं भी नाचने लगा। पता नहीं कब वहाँ पिताजी आ गये। कान पकड़कर वे मुझे खींचते हुए माँ के पास ले आए और माँ को पीटते हुए समझाने लगे कि मुझ मन्दबुद्धि को कपड़े पहनने की तमीज सिखाए। मैं अब बच्चा नहीं रहा। इस बार मैंने माँ को पिटने के लिए अकेला नहीं छोड़ा। जैसे सब लड़के लात से मेरे शरीर के आगे पीछे मार रहे थे मैंने भी पिताजी को मारा। माँ घबरा गयी। पिताजी बेंत उठाने के लिए दौड़े और माँ ने मुझे कमरे में बन्द कर दिया। आज फिर माँ ने मुझे पिताजी की मार से बचा लिया था। पर वह रो रही थी। उसने आज फिर अपने पल्लू में एक गाँठ लगा ली। मुझे समझ नहीं आता, पीर बाबा की मजार पर माँ कितनी चादरें चढ़ाएगी!

माँ सो चुकी थी, उसके अलावा मुझे रोकने वाला कोई नहीं था। मैं गली में निकल गया। गली से बाहर सड़क पर। और फिर एक भीड़ में। मैं भीड़ के पीछे छुप गया। यहाँ बन्दर का तमाशा हो रहा था। सब लोग ताली बजा रहे थे, पैसे फेंक रहे थे। मैं भी तो ऐसे ही नाचा था, सब हँस रहे थे। फिर वे पैसे फेंकने की बजाय मुझे

मार क्यों रहे थे? मुझे ये लोग अच्छे लगे। मैं भी नाचने लगा, सब हँसने लगे, मुझ पर पैसे फेंकने लगे। मदारी मुझे भगाने लगा पर मैंने पैसे उठाकर उसे दे दिए, वह खुश हो गया। मैंने और बन्दर ने मिलकर नाच दिखाया। नाच खत्म हुआ। सबने ताली बजाई और चले गये। मैं कहाँ जाता? मैं वहीं बैठा रहा। मदारी ने मुझसे बहुत कुछ पूछा, पर मैं नहीं बता सका। इसी बात से पिताजी नाराज थे। मैं किसी लायक नहीं था। पर मदारी ने मुझे मारा नहीं। उसने मुझे अपने साथ साइकिल पर बिठाया और ले चला। हम एक बस्ती में पहुँच गये। मदारी के घर। वहाँ एक औरत थी। वह माँ की तरह गाँठें लगा रही थी। सफेद कपड़ों में। उसके पास चने, कंकड़ और धागे पड़े हुए थे। वह गीले कपड़ों में उन सबसे अलग-अलग तरह की गाँठें लगा रही थी। उसने मुझे खाना खिलाया और फिर मैं सो गया। सुबह उठा तो मुझे माँ की बहुत याद आयी और मैं रोने लगा। मुझे अपने घर का रास्ता भी नहीं पता था। मदारी ने मुझे अपने साथ साइकिल पर बैठाया और ले चला। मैं खुश था, मदारी सब कुछ कर सकता है, वह मुझे मेरे घर भी ले चलेगा। पर उसने ऐसा नहीं किया। दिन-भर उसने अलग-अलग जगहों पर मुझे बन्दर के साथ नचाया और शाम को वापस अपने साथ घर ले आया। वह औरत अब भी सफेद गीले कपड़ों में गाँठें लगा रही थी। माँ कहती थी कि गाँठ लगाने से मुराद पूरी होती है। इसलिए मैं भी गाँठें लगाने लगा। अब शायद माँ मुझे जल्दी मिल जाएगी। मेरी गाँठें देखकर वह औरत खुश हो गयी। उसने मुझे और दो चार तरह से गाँठें बाँधनी सिखायीं, मैंने बाँध दीं। वह खुश हो गयी और फिर मुझे शाबाशी दी। जैसे माँ देती थी। मुझे माँ और ज्यादा याद आने लगी और मैं रोने लगा। उस औरत ने मुझे अपने हाथ से खाना खिलाया और सुला दिया। सुबह उठा तो फिर माँ याद आने लगी। आज उसने मुझे मदारी के साथ नहीं भेजा, बल्कि अपने साथ घर पर रख लिया। हमने दिन भर में ढेर सारी गाँठें लगायीं। शाम को हम गाँठ लगे कपड़े लेकर बाजार में गये। यह तो दुनिया ही अलग थी। गाँठ लगे कपड़े जब भट्टी के उबलते पानी से बाहर निकलते तो अलग ही रंग के हो जाते। गाँठों में बँधे कंकड़ और दाने उन्हें खौलते रंगों से बचा लेते और फिर वे लाल, नीले, पीले, हरे रंगों के साथ मिलकर और खूबसूरत हो जाते। माँ होती तो कितनी खुश होती, उसे तो पता ही नहीं होगा कि गाँठें जब रंगों से लड़ती हैं तो कितनी सुन्दर हो जाती हैं।

वहाँ से हम और कपड़े लेकर आए। ढेर सारे। हमें इनमें और गाँठें लगानी थीं। ढेर सारी गाँठें, ढेर सारे रंगों के लिए। मैं थक गया था, मैंने खाना खाया और सो गया। सपने में गाँठें मुझसे बात करना चाह रही थीं। पर मेरी नींद टूट गयी। अँधेरे में कोई मुझे तंग कर रहा था। गली के उन लड़कों की तरह। आगे पीछे से। मैं डर गया। मदारी मेरे पास था। मैंने डर के मारे आँखें बन्द कर ली और फर्श पर दूर

दही

कल्लो... नाम भले ही काला हो पर थी बड़ी खूबसूरत। सूरत से भी ज्यादा अपनी सीरत के लिए जानी जाती थी कल्लो। तब आठ-दस साल की ही तो रही होगी जब उसकी भाभी ने अपनी नन्हीं बेटी को तमाचा मारा। इस तमाचे पर तुनक गयी थी कल्लो। आव देखा न ताव, बगल में पड़ा धनकुटा जमा दिया अपनी भाभी की कमर पर और नन्हीं बच्ची को उठा दालान की तरफ भाग गयी थी। उस साल धान खूब हुआ था। इतनी कि गेहूँ की बजाए चावल के आटे की सफेद फुलकियाँ खाई जातीं।

जैसे-जैसे बड़ी हुई ननद और भाभी में खूब छनने लगी थी। धनकुटे की मार से कमर पकड़ लेने वाली भाभी ने ही पीले किए थे उसके हाथ। धनकुटे की जरूरत अब कहाँ रह गयी थी। बेले, लोटे, धनकुटा, सूप, छलनी सब धीरे-धीरे पुरानी कोठरी में बन्द होते जा रहे थे। अब तो चटनी भी मिक्सी में पिसती थी। दूध-दही की बड़ी-बड़ी हँडियाँ भी पुरानी कोठरी में पहुँच गयी थीं। रात-भर दूध ओटाने वाली बरोसी बड़ी-बूढ़ियों की याद में आँगन की शोभा बनी हुई थी। दूध-दही की जरूरत पूरी करने के लिए बहुत-सी गूजरियाँ थीं मोहल्ले में। जो सुबह शाम जब जरूरत होती दूध, दही दे जातीं।

बदलते वक्त में कल्लो का नाम पुराना पड़ने लगा था। सो उसने भी बदल कर कल्याणी कर लिया।

"राशि थोड़े ही बदली है, है तो क से ही न।"

कल्लो अब कल्याणी बन अपनी गृहस्थी में खूब रमी हुई थी। जो नहीं मिला उसका दुख करने की उसकी आदत थी ही नहीं। जेठ-जेठानियों के बाद देवर-देवरानियों ने भी अपने-अपने परिवार बढ़ा लिए। पहले सास-ससुर की, फिर जेठ-जेठानियों और फिर देवर-देवरानियों की भी कल्याणी ने खूब सेवा की। सबके बच्चे कल्याणी की गोद में पलकर बड़े हुए। पर जिस-जिसकी बेल थी बड़े होकर उसी की जड़ से लिपट गयी। कल्याणी ने इसका भी मलाल नहीं किया।

"कौन किसका हुआ है। यहाँ का सब यहीं रह जाएगा। जितने दिन खुशी-

खुशी बीत गये, वही अपने थे।''

भरे-पूरे कुनबे में अब धीरे-धीरे बच्चे बड़े होने लगे थे। बँटवारे की सुगबुगाहटें बढ़ने लगी थीं।

कल्याणी के पति ने खटिया पकड़ ली। जाने क्यों, वह चाहकर भी अपना-सा जीवट पति में न भर पाई थी। कल्याणी के पति को लगने लगा था कि यह खटिया ही अब उसकी है, बच्चे होते तो हिस्सा मिलता।

इधर पति ने खटिया पकड़ ली और उधर जेठानी मर गयी।

दोनों की सेवा-सुश्रुषा कल्याणी ने अपने कन्धों पर सँभाल ली। जेठ दोनों वक्त पकी-पकाई मिल जाने से खुश था और कल्याणी को घर में अपना हिस्सा मिलने की उम्मीद-सी हो गयी थी।

साल भर बाद जब कल्याणी पीहर गयी तो उसकी बगल में बच्चा था। 15 साल में जो न हुआ वो अब कैसे हो गया। भाभी ने पूछा तो कल्लो बोली, ''क्या करती भाभी, कोई हिस्सा देने को तैयार ही नहीं था.... तुम बताओ, मैंने कभी कोई शिकायत की किसी से... जैसा मिला, वैसे में रह ली...। अब तो कोई ठौर करनी थी। ये भी बीमार हो गये।''

''पर लोग तो कहते हैं कि...''

''लोग थोड़ी दे देंगे मुझे बुढ़ापे में रोटी-पानी।''

कुछ दिन हँस बोल कर कल्याणी फिर अपने ससुराल चली आई। बालक बड़ा होने लगा, कल्याणी का पति भी अब पहले से अच्छा हो गया था।

कल्याणी को खुशी थी कि इस बार जो बेल वह पाल रही है, वह धीरे-धीरे उसी से लिपट रही है। बच्चा बड़ा होने लगा तो कईयों को मलाल हुआ .....

अब जायदाद के पाँच हिस्से करने पड़ेंगे

पाँच हिस्सों की बात उठी तो देवर-जेठ सब तुनक गये

''पाँच काहे के...

चार ही हिस्से काफी हैं

कौन नहीं जानता कल्लो ने किसका बच्चा जना है!

मँझले का क्या है... जाना या अनजाना सब मेरा ही तो है।''

अपने और अपने पति के बुढ़ापे की एक मात्र लाठी पर कल्याणी को चिन्ता होने लगी। जिस आस में उसे पाल-पोस कर बड़ा किया था, अब उसी पर लोगों की नजर लग गयी है...

कल्याणी के शरीर में अब पहले सी ताकत नहीं रह गयी थी, बड़ा सोच रही थी कि बाहर से गूजर-गूजरियों के लड़ने की आवाजें आयीं।

कल्याणी चौखट पर जा खड़ी हुई, गूजर और गूजरी में दही के पैसों पर

झगड़ा हो रहा था। गूजर ने दैहिक-बल दिखाते हुए गूजरी से पैसे छीन लिए थे। जिनके प्रतिकार में वह मनचाही गालियाँ दे रही थी। उसकी गालियों की बौछार सुनकर रोज उसके साथ आने वाली दो-चार गूजरियाँ और इकट्ठी हो गयीं।

अब गूजरी को लगा कि वो अकेली नहीं है। सारी हिम्मत बटोरकर वह गूजर पर टूट पड़ी, ''जा रे भूतनी के... सारी मेहनत मेरी, इसमें तेरा क्या साझा? तुझसे थोड़ा सा जामन लेकर दूध जमा लिया तो क्या दही तेरा हो गया?'' गूजरी ने उस गन्धाते, बड़बड़ाते आदमी को धक्का दिया और अपने सारे पैसे छीन लिए।